8,95

Michiaki und Hildegard Horie

Mit der Seele per Du

Psychische Krankheiten und was wir tun können

Erweiterte und völlig neu bearbeitete Ausgabe des Buches »Resignieren oder Hoffen«

R. BROCKHAUS

R. Brockhaus Taschenbuch Bd. 457

1. Taschenbuchauflage 1990

Umschlaggestaltung: Carsten Buschke, Solingen
Umschlagfoto: Photofile – ZEFA, Düsseldorf
Gesamtherstellung: Breklumer Druckerei Manfred Siegel KG
ISBN 3-417-20457-7

INHALT

VORWORT

Das Thema Psychologie erscheint unerschöpflich. Seit Beginn der Psychotherapie durch Siegmund Freud hat es immer wieder neue Schulen und neue Strömungen innerhalb der Psychotherapie gegeben, wobei nicht selten die eine gegen die andere aufstand. Und das ist bis heute so geblieben.

Da ist die Psychoanalyse Freuds, die klientenzentrierte Gesprächstherapie mit dem Vertrauen in die Selbstheilungstendenz von Rogers, die Gestalttherapie Perls, die Vegetotherapie Reichs, das Psychodrama von Moreno, die Logotherapie von Frankl, die Bioenergetik Lowens, die Transaktionsanalyse von Berne –, da sind Traumarbeit und Rollenspiel, Hypnose, Gruppentherapie und Sensitivitytraining, Urschreimethode und Verhaltenstherapie, Selbstbehauptungstraining und Realitätstherapie, paradoxe Intention und Humortechnik ...

Und der Bedrängte läuft ratlos von einem zum andern und fragt:

Wer hat recht?

Wohin soll ich gehen?

Wem kann ich mich anvertrauen?

Dieses Buch, das aus der Praxis entstanden ist, kann und soll kein Lehrbuch ersetzen, sondern ist als kurzer Leitfaden gedacht, in dem die verbreitetsten psychischen Störungen mit ihren Hauptsymptomen skizziert und Wege zur Behandlung gewiesen werden. Den Ausführungen liegt teilweise unser Buch *Resignieren oder hoffen* zugrunde, doch haben wir neue Themen hinzugenommen und einen kleinen Überblick über die wichtigsten psychologischen Schulen zusammengestellt.

Unser Wunsch ist es, daß dieses Buch eine kleine Orientierungshilfe ist, und zwar sowohl dem Hilfesuchenden als auch dem Helfer.

Kandern, im Frühjahr 1987

Michiaki und Hildegard Horie

EINLEITUNG

Kommt wieder, Menschenkinder

Sooft wir durch die Wiesen und Wälder gehen oder am Ufer des Ozeans stehen oder den weiten Himmel über der Prärie beobachten – irgendwo –, sind wir fasziniert von dem verschwenderischen Reichtum, den Ideen und der schöpferischen Vielfalt der Natur. Ein Blatt. Eine Zelle. Ja, selbst ein Tropfen Wasser ist voller Leben. Ein einziges Wunder. Welch eine Weisheit wird hier offenbar! Und doch können wir nur einen Bruchteil von dem wahrnehmen, was ist. Das meiste ist uns verborgen. Aber es ist da und wartet gleichsam nur darauf, entdeckt zu werden.

Das größte Kunstwerk aber ist der Mensch, eingegliedert in diese Schöpfung und dem Gesetz der Natur unterstellt – und doch mit dem Auftrag betraut, sich diese Erde untertan zu machen (1. Mose 1,28).

Der Auftrag, sich seinen Lebensraum untertan zu machen, schließt ein, auch sich selbst zu entdecken und nicht nur seine eigene Leiblichkeit, sondern bewußt das auszuleben, was man schöpfungsgemäß sein soll. Und dieser Auftrag hat bis heute nicht seine Gültigkeit verloren.

Wenn wir die Entwicklungsgeschichte der Menschheit betrachten, müssen wir uns fragen: Was hat der Mensch aus diesem seinem Auftrag gemacht? Daß er fähig ist, den Planeten, auf dem er lebt, zugrunde zu richten, ahnen wir alle. Er vermag auf dem Gebiet der Computer-Technik Wunder zu vollbringen und durch immer raffiniertere Vernichtungsmöglichkeiten sein eigenes Ende vorzubereiten. Durch Gen-Manipulation und Abtreibung sowie perfekte Tötungsmethoden spielt der Mensch sich auf zum Herrn über Leben und Tod. Dabei vergißt er, daß ihm diese Herrschaft nur geliehen ist, ja, daß er seine Macht nur dann recht entfalten kann, wenn er in der Abhängigkeit von seinem Schöpfer bleibt. Losgelöst von Gott wird der Mensch nichts als Chaos und Elend hinterlassen.

Um nun seinen Auftrag, sich die Erde untertan zu machen, gottgewollt ausführen zu können, muß der Mensch in die Abhängigkeit zu Gott zurückkehren. Er muß wieder den Platz einnehmen, der ihm zusteht, nämlich den des Geschöpfes, geschaffen zu einem ganz bestimmten Zweck.

Wo der Mensch nicht mehr Geschöpf sein will oder in Arroganz und Überheblichkeit diese Abhängigkeit leugnet, ist das Ziel seines Lebens verfehlt. Da kommt es zu verhängnisvollen Mißbildungen, bösartigen Wucherungen, abartigen Entwicklungen, bis Gott den Menschen wieder zu seinem Ausgangspunkt zurückruft: »Kommt wieder, Menschenkinder!«

Natur und Mensch

Der Rhythmus von Saat und Ernte, Wachsen und Reifen, Sterben und Auferstehen wird nicht nur in der Natur deutlich, sondern auch im Leben des Menschen. Aber im Gegensatz zur übrigen Schöpfung erlebt der Mensch Wachsen und Reifen nicht nur passiv im Altwerden und Sterben, sondern ist aktiv daran beteiligt. Denn seine Aufgabe ist es, dieses Leben zu gestalten.

Wer ist nun dieser Mensch? Auf den ersten Seiten der Bibel lesen wir: »Da machte Gott der Herr den Menschen aus Erde vom Acker und blies ihm den Odem des Lebens in seine Nase. Und so ward der Mensch ein lebendiges Wesen« (1. Mose 2,7). Dieser Mensch, aus der Erde des Ackers gebildet und mit dem Atem Gottes belebt, ist eine Einheit von Seele, Geist und Leib. Und damit entspricht er dem Gottesbild, nach dem er geschaffen wurde (1. Mose 1,27). Ist nun diese Einheit an irgendeiner Stelle gestört, so hat das seine Auswirkung auf den ganzen Menschen. Ist der Leib krank, so ist nicht selten auch die Psyche betroffen. Und ist die Psyche erkrankt, so fehlt oft auch dem Leib die Not-wendende Kraft.

Um Seele, Geist und Leib gesund zu erhalten, sind gewisse Voraussetzungen erforderlich. Und häufig werden diese Voraussetzungen nicht oder nicht genügend beachtet.

Nun ist damit nicht gesagt, daß jede körperliche oder seelische bzw. geistige Störung auf eine Mißachtung dieser Voraussetzungen zurückzuführen ist. Doch letztlich ist jede Krankheit eine Auswirkung der menschlichen Tragödie, die in der Sünde ihren Ursprung hat, Ausdruck der gefallenen Kreatur. Aber zugleich wissen wir, daß Gott seit der Erlösung durch Jesus Christus die Sünde gerichtet und eine neue Schöpfung vorbereitet hat. In Jesus sehen wir den heilen Menschen, wie Gott ihn gewollt hat. Durch Jesus gibt Gott auch uns die Möglichkeit, heil zu werden. Dieses Heilwerden kann selbst mitten im Chaos und mitten in der Zerstörung sichtbar werden, und zwar dort, wo ein Mensch sein Leben wieder Gott unterstellt.

Noch sind so viele Schatten und Verletzungen zurückgeblieben, daß sie nur zu oft das neue Leben unkenntlich machen. Diese Reste sind wie die leblose Schuppenhaut einer Echse, die abgestreift werden muß, um das neue Leben freizugeben So wollen wir miteinander solche Restbestände abstreifen, damit das neue Leben sich frei entfalten kann.

Das Ziel aber ist das Heilsein der gesamten Schöpfung, zur Freude des Schöpfers. Harmonie, Heilsein, Vollkommenheit – können wir überhaupt davon reden angesichts all der Terrormeldungen und Katastrophenberichte und der ärztlichen Machtlosigkeit gegenüber unheilbarer Krankheit?

In der Natur sprechen wir von einem gesunden Gleichgewicht. Übertragen auf den Menschen ist auch ein Gleichgewicht Voraussetzung für eine gesunde Entwicklung. Nun gibt es mancherlei Gründe, wodurch dieses Gleichgewicht gestört sein kann.

Schon in der *Erbanlage* kann eine Störung vorliegen, die dann in einer Krankheit zum Ausdruck kommt.

Sodann kann durch eine *äußere Schädigung* – sei es bei der Geburt oder durch einen Unfall, bis hin zu einem Reaktorunglück – die gesamte Persönlichkeit in Mitleidenschaft gezogen werden. Doch sind solche extremen Konstellationen verhältnismäßig selten.

Weitaus häufiger *ist der Mensch selbst* für Einschränkungen seiner Gesundheit *mitverantwortlich.* Und darum geht es in den folgenden Kapiteln: daß wir miteinander lernen, unser Leben neu zu gestalten. Vieles, was wir hier sagen, ist so selbstverständlich, daß wir am liebsten darauf verzichten würden. Doch erleben wir es immer wieder in der Praxis, daß Menschen – selbst jene, die dem Namen und Titel nach längst andere lehren könnten – ihren eigenen Problemen völlig ausgeliefert sind und nicht wissen, wie sie im Alltag bestehen sollen.

Bevor wir auf einzelne Störfelder eingehen, möchten wir auf die Voraussetzungen hinweisen, die für eine *gesunde Entfaltung der Persönlichkeit* erforderlich sind. Auch hier wieder wollen wir am Beispiel der Natur das normale Funktionieren des menschlichen Organismus zeigen.

Jeder Bauer weiß, daß für den Weizenanbau andere Voraussetzungen gegeben sein müssen als für eine Obstplantage. Weinberge brauchen eine andere Pflege als Tomatenfelder. Auch die Art des Düngens ist unterschiedlich.

Aus Erfahrung weiß der Bauer, was er zu tun hat. Er weiß, wann er sein Feld künstlich bewässern muß; aber er wird sich hüten, die Pflanzen in einem Übermaß an Wasser zu ertränken, sonst würde seine Ernte verfaulen. Und wenn der Boden nicht genügend Nährstoffe enthält, wird der Bauer die fehlenden Nährstoffe hinzufügen, ohne wiederum in einem Übermaß planlos alle Mineralstoffe auf den Acker zu werfen. Er wird vielmehr den Dünger in einer ausgewogenen Menge auftragen und ihm nur die Elemente zufügen, die der Boden braucht. Würde er beispielsweise zu viel Kalk streuen, so würden die Pflanzen verbrennen. So ist ein richtig gedüngter Boden die Voraussetzung für ein gesundes Wachstum der Pflanzen. Ja, von der Bodenbeschaffenheit hängt es weitgehend ab, ob die Pflanzen widerstandsfähig sind gegen Krankheiten und Schädlingsbefall oder ob sie dahinwelken, bzw. faulen. Eine Überdüngung des Bodens vermehrt die Krankheitsanfälligkeit und führt zu Geilwuchs, und ein unzureichend gedüngter Boden läßt die Pflanzen verkümmern.

Selbst der Laie weiß, daß hier Generationen gewisse Erfahrungen gesammelt und Erkenntnisse weitergegeben haben, die der Mensch heute sich zunutze machen kann.

Aber wir wollen hier keine Bodenkunde betreiben, sondern lediglich Parallelen aufzeigen. Wie für die Pflanzen Spurenelemente wichtig sind, *so braucht auch der Mensch für den Stoffwechsel bestimmte Elemente.*

Noch vor fünfzig, hundert Jahren waren die Menschen stärker mit dem Boden verwachsen, während heute das Leben weitgehend industrialisiert ist. Dadurch ist eine gewisse Entfremdung zur Natur eingetreten. Kann es sein, daß unsere Vorväter besser wußten, was dem Leib schädlich ist, als wir, die wir uns heute rühmen, größere Erkenntnisse zu haben?

Der Mensch ist ein Stück dieser Natur, über deren Gesetze er sich nicht ungestraft hinwegsetzen kann. Er hat seine Wurzeln tief in dieser Erde, von der er ja genommen wurde und zu der er auch wieder zurückkehren wird (1. Mose 3,19). Er wird sich auch niemals darüber hinaus entwickeln können. Diese seine Grenze wird er nie überschreiten – trotz aller Science-fiction-Illusionen.

Und doch ist der Mensch mehr als nur ein Stück Natur. Darum können wir den Menschen nicht einfach wie eine mißlungene Ernte untergraben, aufs neue düngen und erneut den Samen ausstreuen und auf den nächsten Sommer hoffen. Der Mensch ist keine kurzlebige Pflanze. Er hat zwar auch seine Wurzeln in dieser Erde, aber er trägt als einziges Geschöpf den Atem Gottes in sich und ist als Gottes Spiegelbild erschaffen.

Welch ein Geheimnis! Aber auch welch eine Verantwortung! Und in der Tat trägt der Mensch nicht nur für diese Schöpfung, die ihm anvertraut wurde, die Verantwortung, sondern auch für sich selbst.

I. Im Vorfeld

1. Unser Körper und wir

Aus dem Biologie-Unterricht ist uns der Begriff des *Stoffwechsels* bekannt, jener Vorgang, bei dem – vereinfacht ausgedrückt – die Nahrung in einzelne Substanzen zerlegt und verarbeitet wird. Dieser Vorgang ist äußerst kompliziert. Wie wir wissen, besteht unser Körper aus Billionen von Zellen, die sich durch Zellteilung immer wieder erneuern. Jede einzelne Zelle ist durch ein Membran, ein dünnes Häutchen, geschützt, das die Aufgabe hat, Nährstoffe aufzunehmen und Abfallprodukte auszuscheiden.

Die wichtigste Energiequelle des Menschen ist die Nahrung, aus der unser Körper alle Stoffe bezieht, die er für den Bau von Körperzellen benötigt. Wenn so viele Elemente durch die Nahrung aufgenommen werden, wie für den Energiebedarf erforderlich sind, sprechen wir von einem *Stoffwechselgleichgewicht.* Ist dieses Gleichgewicht gestört, kommt es zu Ausfallserscheinungen vielfältiger Art.

Bei einer *Regulationsstörung des Stoffwechsels* –sei es im Nervensystem, den Drüsen, die Hormone liefern, oder auch im Gewebe – sprechen wir von einer Stoffwechselkrankheit. Solch eine Stoffwechselstörung kann beispielsweise durch einen Vitaminmangel hervorgerufen werden. Fehlt also eine wichtige Substanz, kommt es zu einer Störung. Eine Störung kann sich aber auch dann manifestieren, wenn durch äußere Gifteinwirkung bestimmte Enzyme inaktiviert werden und der normale Reaktionsablauf unterbrochen ist.

An dem Prozeß des Stoffwechsels sind *Enzyme, Mineralstoffe, Hormone und Vitamine* beteiligt. Es ist ein kompliziertes Ineinandergreifen biochemischer Vorgänge. Dabei reagieren nicht nur unsere Organe wie Magen und Galle, Leber oder Herz, Darm oder Nieren, sondern ebenso Gehirn und Nerven und damit unsere Psyche.

Bevor wir einige der verbreitetsten psychischen Störungen und Krankheiten aufzeigen, möchten wir auf Zusammenhänge hinweisen, die nur zu häufig außer acht gelassen werden. Doch möchten wir noch einmal betonen, daß nicht jede psychische Krankheit auf diesen einfachen Nenner zurückgeführt werden kann. Das Bild ist oft wesentlich komplexer. Andererseits aber können wir den Gesundungsverlauf unterstützen oder sogar Krankheitssymptome ausschalten, wenn wir ganz simple Grundregeln beachten. Darum ist es wert, ein wenig darüber nachzudenken.

2. Wie ernähren wir uns?

Sooft wir durch Amerika oder Kanada reisen, stellen wir erstaunt fest, daß die Schnellimbiß-Läden an Beliebtheit ständig zunehmen. Ja, selbst in dem sonst so traditionsgebundenen Japan erobern sie mehr und mehr die Vorliebe der jüngeren Generation, als kämen diese Schnellrestaurants dem Bedürfnis der heutigen Gesellschaft entgegen, möglichst problemlos und möglichst schnell das Gefühl der Sättigung zu erreichen.

Wenn wir das Eßverhalten der Durchschnittsbevölkerung genauer betrachten, müssen wir uns fragen, ob hier nicht ein Zusammenhang besteht zwischen Ernährung und Krankheit.

Trotz aller Fortschritte in der Medizin ist der Mensch nicht gesunder geworden. Zwar ist die Lebenserwartung gestiegen, doch dafür haben chronische und degenerative Krankheiten wie Diabetes, Herz- und Kreislauferkrankungen, Rheuma und Darmleiden, Leber- und Galleerkrankungen, um hier nur einige zu nennen, zugenommen.

Zweifellos spielen bei einer Erkrankung verschiedene Faktoren mit, doch können wir – ohne Gesundheitsfanatiker zu werden – durch eine ausgewogene Mahlzeit unserem Körper neue Kräfte zuführen, so daß er gegen manche heimtückische Krankheit besser gefeit ist.

Eine gesunde Ernährung kann auf einen sehr einfachen Nenner gebracht werden: *So abwechslungsreich, natürlich und so frisch wie möglich.*

Aber schon erheben sich Bedenken: Kann man es heute noch wagen, Gemüse und Obst roh zu verzehren?

Trotz aller Umweltvergiftung ist *rohes Obst, Salat und frisches Gemüse* noch immer gesunder als Gemüse, das durch langes Kochen oder Konservieren weitgehend wertlos geworden ist. Wenn unsere Nahrung gekocht werden muß, sollte dieser Prozeß schonend geschehen, um nicht unnötig Vitamine zu zerstören.

Da kein Nahrungsmittel alle Vitamine und Mineralien enthält, die unser Körper braucht, sollte unsere Nahrung so abwechslungsreich wie möglich sein.

Volles Korn, Salat und Gemüse enthalten nicht nur wichtige *Vitamine,* sie sind auch reich an *Ballaststoffen,* d.h. Zellulosen. Diese Ballaststoffe wirken cholesterinsenkend. Da sie von den Verdauungssekreten nicht abgebaut werden, können sie darüber hinaus bestimmte Schadstoffe im Verdauungstrakt binden und ausscheiden. Sie haben somit einen wichtigen Reinigungseffekt.

Fehlen solche Ballaststoffe, so wird der Organismus unnötig belastet.

Zucker enthält keine Faserstoffe. Auch der weiße, polierte Reis wurde durch das Schälen der wichtigsten Vitamine und Faserstoffe beraubt. Und durch den Prozeß des Ausmahlens wurde dem Korn das Leben entzogen, so daß es zu einer toten Konserve geworden ist. Gerade aber der Keim ist reich an Vitaminen und Mineralstoffen, Enzymen und Proteinen, und außerdem enthält er die wichtigen Ballaststoffe.

Da das *volle Korn* zu den wertvollsten Nahrungsmitteln zählt, sollte es in unserer Küche wieder neu Beachtung finden.

Solange wir unsere Ernährung nicht grundlegend verändern, brauchen wir uns nicht zu wundern, wenn chronische Krankheiten zunehmen und der Organismus immer anfälliger wird.

Besser, als durch kostenaufwendige Maßnahmen eine Krankheit zu heilen, ist es, ihr vorzubeugen.

3. Vitamine und Mineralien

Vitamine und Mineralien sind nicht nur für unsere leibliche Gesundheit von entscheidender Bedeutung, sondern spielen auch bei unserer seelischen Verfassung eine wichtige Rolle. Besonders hervorzuheben sind hier die Vitamine C und B.

Vitamin C hat eine entgiftende Wirkung und ermöglicht die Ausscheidung von Schwermetallen wie Blei, Kupfer und Quecksilber.

Es mobilisiert die Abwehrkräfte und bekämpft Infekte, besonders Erkältungskrankheiten. Darüber hinaus weiß man heute, daß Vitamin C den Körper gegen Streß abschirmt, frühzeitigen Degenerationserscheinungen und Arthritis vorbeugt, das Cholesterin reguliert – um nur die wichtigsten zu nennen.

Nach Dr. Linus Pauling scheint Vitamin C auch die Widerstandskraft gegen Krebs zu erhöhen.

Ein Zusammenhang zwischen Vitaminmangel und Skorbut war schon lange bekannt, aber auch im psychischen Bereich wirkt sich ein *Mangel an Vitamin C* aus: *Man beobachtet eine abnorme Müdigkeit und psychische Labilität.*

Dr. Pfeiffer berichtet von der beruhigenden Wirkung einer hohen Vitamin-C-Dosierung und dem positiven Effekt gegen Angstgefühle.

Bei einem Mangel an *Vitamin B 1* kann es zu *neurologischen Ausfallserscheinungen* kommen wie Kribbeln der Hände und Beine, Empfindungsstörungen und Schmerzen, bis hin zu Lähmungserscheinungen.

Darüber hinaus wirkt sich ein B-1-Mangel auch auf das *psychische Gleichgewicht* aus: es können Schlafstörungen auftreten, Nervosität, Geräuschempfindlichkeit, Grübeln und Angst. Nach einer Vitamin-B-1-Injektion bessern sich diese Symptome zusehends.

Ein *Vitamin-B-2*-Mangel führt zu Hautausschlägen und Veränderung der Schleimhaut; Zunge und Mundschleimhaut schwellen schmerzhaft an und werden rauh. Psychisch werden *Depressionen* beobachtet.

Vitamin-B-3 spielt vor allem bei dem *Stoffwechsel im Gehirn* eine wichtige Rolle. Wenn nicht genügend Vitamin-B-3 vom Körper verwertet wird, kann es – nach Dr. Abram Hoffer – zu depressiven Zuständen und Wahnvorstellungen bis hin zu Halluzinationen kommen. Durch einen Vitamin-B-3-Entzug kann bei einem Menschen innerhalb eines Jahres eine Psychose ausgelöst werden.

Zunächst beobachtete man dieses Phänomen in den südlichen Staaten von Nordamerika, wo Mais die Hauptnahrungsquelle ist. Im Gegensatz zum Getreide ist in Mais nur wenig L-Tryptophan enthalten, das im Körper zu Vitamin B 3 umgebaut wird. Diese Erkenntnis haben sich kanadische und amerikanische Wissenschaftler zunutze gemacht, indem sie Patienten, die an einer Schizophrenie erkrankt sind, mit einer hohen Dosis Vitamine behandeln.

Aber nicht nur Vitamin-B-3, sondern auch *B-6*, ohne das L-Tryptophan nicht zu Vitamin B-3 umgebaut werden kann, ist für den *Gehirnstoffwechsel* erforderlich.

Ein Vitamin-B-6-Mangel äußert sich unter anderem in einer *Krampfbereitschaft* im Sinne einer Epilepsie. So können Frauen in den späten Monaten einer Schwangerschaft plötzlich einen Krampfanfall erleiden, der auf einen Vitamin-B-6-Mangel zurückzuführen ist.

Dr. Abram Hoffer geht davon aus, daß es einen bestimmten Anteil *schizophrener Patienten* gibt, bei denen eine Unfähigkeit der Vitamin-B-6-Verwertung vorliegt.

Vitamin-B-12 wird bekanntlich bei der Behandlung von perniciöser Anämie erfolgreich eingesetzt. Es kann aber in unserem Körper erst dann wirksam werden, wenn es durch die Magenschleimhaut in unserem Körper aufgenommen wird.

Da diese Fähigkeit einer Verarbeitung bei alten Menschen nachläßt, kann es – nach Dr. Carl Pfeiffer – zu einer Mangelerscheinung in Form einer *Altersparanoia* kommen. Diese Wahnvorstellungen sind dann nicht auf eine Durchblutungsstörung im Gehirn zurückzuführen, sondern auf einen Vitamin-B-12-Mangel.

Kurzgefaßte Schwerpunktübersicht einiger Vitamine

Wasserlösliche Vitamine

	Mangelerkrankungen	Vorkommen	Tagesbedarf
B1	Beriberi Polineuritis kardiovaskuläre Störungen Appetitlosigkeit Störung des zentralen Nervensystems wie: Gereiztheit Persönlichkeitszerstörung, Depressionen Initiativlosigkeit Gedächtnisschwund	Hefe Weizenkeimlinge Geflügel, Fisch Eier, Milch Fleisch	1,2–1,5 mg
B2 (Riboflavin)	Haut- und Schleimhauterkrankungen Anämien Zittern, Schwindel Schlafstörungen	Hefe, Leber Milch, Fisch Gemüse, Nüsse Getreidekeime Geflügel, Eier Salat	2 mg
B3	Pellagra Störung im Verdauungstrakt Stomatitis Hitzewallung Schlafstörung Intelligenzdefekt Gedächtnisschwund Depressionen	Hefe Leber, Reiskleie Eier, Fisch Getreidekeime Fleisch	10–25 mg
Biotin	Dermatitis Haarausfall Appetitlosigkeit Muskelschmerzen	Hefe, Erdnüsse Schokolade Eidotter	0,25 mg
B5 (Pantothensäure)	obere Luftwegkatarrhe Verminderung der Magensaftsekretion, erhöhte Insulinempfindlichkeit, Müdigkeit, Depressionen	Fleisch, Geflügel Fisch Vollgetreide Früchte Gemüse Milch	5–10 mg

	Mangelerkrankungen	Vorkommen	Tagesbedarf
B6	Hautveränderungen Stomatitis Glossitis seelische Übererregbarkeit Wachstumsstörung	Hefe, Getreidekeimlinge Kartoffeln Früchte Erdnüsse Fleisch	2 mg
B11 (Folsäure)	Anämie	grüne Pflanzen	0,4–0,5 mg
B12	perniziöse Anämie funikuläre Myelose Sehnervenatrophie Psychosen Depressionen	Leber, Rindfleisch Austern, Eidotter	
C	Skorbut abnorme Müdigkeit	Zitrusfrüchte Johannisbeeren Paprika, Hagebutte Salat und frisches Gemüse	75-100 mg
Fettlösliche Vitamine			
A	Nachtblindheit Epithelschädigungen von Auge und Schleimhaut (Überdosis giftig)	Aprikosen Gemüse (vor allem Karotten) Pfirsiche, Bananen, Orangen Butter, Milch Eier, Fisch	1,5-2,7 mg
D	Rachitis Osteomalazie (Überdosis giftig)	Lebertran Thunfisch Eidotter, Butter Milch	0,010-0,025 mg
E	Mangelerscheinungen beim Menschen nicht sicher nachgewiesen; bei verschiedenen Tierarten Fertilitätsstörungen, Degeneration der Muskulatur	Weizenkeimöl Pflanzenöl, Fisch	5-30 mg
K	Blutungen, Blutgerinnungsstörungen	grüne Pflanzen (Kohl und Spinat)	1-4 mg

All diese lebenswichtigen Vitamine sind ursprünglich in Pflanzen, vor allem in Vollgetreide, frischem Gemüse und Obst enthalten. Sie finden sich aber auch in pflanzenfressenden Tieren und deren Produkten wie Milch und Eigelb.

Darüber hinaus können Vitamine heute synthetisch hergestellt werden.

Aber nicht nur Vitamine sind für unseren Körper und unsere Psyche wichtig, sondern auch *Mineralien.* Einige dieser Spurenelemente scheinen in einem unmittelbaren Zusammenhang mit unserer seelischen Verfassung zu stehen.

Zink kommt normalerweise als Spurenelement in der Erde vor und gelangt durch die Pflanzen in unseren Körper. Bei Menschen, bei denen die Zinkverarbeitung mangelhaft ist, kommt es zu Haarausfall und schlechter Wundheilung. Auch eine Wachstumsstörung kann Zeichen eines Zinkmangels sein.

Ohne Zink kann Vitamin-B-6 nicht funktionieren. Wenn also die Zusammenarbeit nicht richtig funktioniert, kann es – wie schon erwähnt – zu *psychotischen Zuständen* kommen.

Magnesium, das heute viel gepriesen wird und zweifellos gute Dienste leistet, wirkt wie ein Beruhigungsmittel und hilft bei sogenannten *vegetativen Störungen* wie Nervosität, Zittern, Wetterempfindlichkeit und Schlafstörungen.

Ein Mangel äußert sich in *Depression* – bis hin zu *Psychosen.*

Auch *Kupfer* scheint in einem engen Zusammenhang mit unserer Psyche zu stehen.

Dr. Carl Pfeiffer berichtet von *Depressionen* und *Psychosen,* die durch einen *Kupfer-Überschuß* begünstigt wurden.

Dies sind nur einige der bekanntesten Spurenelemente, doch wird schon hier deutlich, daß ein enger Zusammenhang zwischen unserer Ernährung und dem seelischen Befinden besteht.

4. Die Hypoglykämie

Als Frau B. zu mir in die Praxis kam, hatte sie bereits einen langen Leidensweg durchgemacht. Sie war von einem Spezialisten zum andern gereicht worden und hatte mehrere stationäre Behandlungen hinter sich, ohne daß sich ihr Zustand gebessert hätte. Sie war gereizt, lustlos, deprimiert, schnell erschöpft, klagte über Kopfschmerzen, Schwindelattacken, Antriebsstörungen und Schlaflosigkeit. Ihre Beschwerden waren so zahlreich, daß es schwierig schien, sie alle in ein Krankheitsbild einzuordnen; doch zeigten sie letztlich die Konturen einer Depression.

Im Laufe der Untersuchung fragte ich sie:

»Wie ernähren Sie sich?«

Etwas verblüfft antwortete sie:

»Ganz normal.«

Normal aber bedeutete für sie: morgens Brötchen oder Toast mit Marmelade und zwei Tassen Kaffee; mittags Kartoffeln oder Nudeln mit Fleisch und gekochtem Gemüse – zumeist aus Konserven, und manchmal etwas Salat; und zum Nachtisch Pudding oder Eis; nachmittags wieder zwei Tassen Kaffee und ein Stück Kuchen, und am Abend Graubrot und Aufschnitt. Und dieser Speisezettel wiederholte sich Tag für Tag, Jahr für Jahr.

Ein *Glukose-Toleranz-Test* zeigte dann auch eine extreme Unterzuckerung, was für eine *Hypoglykämie* sprach.

In den letzten Jahren kommen immer mehr Menschen in die ärztliche Praxis, die sind nervös, schnell erschöpft, oft deprimiert, klagen über Schwindelerscheinungen – wobei der Kreislauf ganz normal funktioniert – sind immer müde und können doch nicht schlafen, grübeln ständig und leben in Angst.

In der Regel gehen sie zunächst zu ihrem Hausarzt. Weil sie über Herzjagen klagen, schickt er sie zum Internisten.

Das EKG ist aber ohne nennenswerten Befund.

Schließlich kommen sie zum Nervenarzt. Weil nun der Nervenarzt keine psychischen Ursachen sieht, verschreibt er ihnen Medikamente zur Beruhigung und schickt sie zum Hausarzt zurück.

Und endlich werden sie zum Simulanten gestempelt.

Hinter all diesen Beschwerden aber steckt nicht selten eine Hypoglykämie, eine Unterzuckerung.

Seit dem Zweiten Weltkrieg ist in der ganzen Welt der Zuckerverbrauch erheblich gestiegen. Das stellen wir auch an unserer Eßgewohnheit fest. *Der Menge nach* handelt es sich um eine *Überzuckerung, in der Auswirkung* jedoch haben wir es mit einer *Unterzuckerung* zu tun.

Wie ist das zu erklären?

In unserer Bauchspeicheldrüse wird ein Hormon produziert, das *Insulin* genannt wird. Insulin beschleunigt den Prozeß der Traubenzuckeraufnahme aus der Blutbahn. Mit anderen Worten: es senkt den Blutzuckerspiegel.

Je langsamer der Traubenzuckerspiegel ansteigt, um so weniger Insulin wird freigesetzt. Aber auch umgekehrt: je schneller der Traubenzuckerspiegel ansteigt, desto mehr Insulin wird freigesetzt.

In bestimmten Mengen braucht unser Körper freischwebenden Traubenzucker als Energiequelle, nicht nur für Muskelarbeiten, sondern auch die Gehirnzellen benötigen Glukose.

Wenn aber zu viel Zucker in unseren Körper gelangt, wird ein Übermaß an Insulin abgerufen, um den Zuckerspiegel wieder ins Gleichgewicht zu bringen.

Sobald der Traubenzuckerspiegel zu niedrig wird, werden andere Hormone wie z.B. Glukagon und Adrenalin aktiv, die jetzt den Traubenzuckerspiegel wieder ansteigen lassen.

Wird dieses Wechselspiel über Jahre hin fortgesetzt, so hat sich im Laufe der Zeit zu viel Insulin in unserem Körper angesammelt. Schon bei geringer Aufnahme von Zucker wird jetzt Insulin aktiv, so daß sich der Zuckerspiegel nicht mehr erholen kann. Er bleibt niedrig.

Dr. S. Gyland untersuchte einige hundert Menschen, die an Hypoglykämie leiden, und fand folgende Symptome heraus:

94 % klagen über starke Nervosität
89 % sind leicht erregbar und leicht gereizt
87 % werden schnell erschöpft
86 % klagen über Schwindelerscheinungen, Zittern, Hitzewallungen und kalte Schweißausbrüche
77 % leiden unter Depressionen
72 % sind tagsüber müde und schläfrig
71 % klagen über Kopfschmerzen
62 % können nachts nicht schlafen, neigen zu Angstanfällen und Grübelzwängen.

Sinkt die Glukosekonzentration im Serum unter 50 mg %, so besteht die Gefahr eines *hypoglykämischen Schocks* mit Bewußtlosigkeit, Schweißausbrüchen und Zittern. Daher muß eine Ernährungsumstellung langsam erfolgen und darf niemals abrupt geschehen. Der Genuß von raffinierten Kohlehydraten sollte daher allmählich reduziert und durch natürliche Kohlehydrate wie Vollgetreideprodukte ersetzt werden.

Heute ist man sich in Fachkreisen weitgehend darin einig, daß nicht jede seelische Erkrankung einen psychologischen Hintergrund hat, sondern durchaus organisch bedingt sein kann.

Umgekehrt aber kann sich eine seelische Störung in körperlichen Symptomen äußern. Die Zahl der sogenannten *psychosomatischen Krankheiten* nimmt ständig zu.

Eine Balancestörung im bio-chemischen Gleichgewicht muß nicht zwangsläufig ernährungsbedingt sein, sie kann auch in der Veranlagung liegen, in den Umweltbedingungen oder in der Reaktion auf bestimmte Erlebnisse.

Trotz einer gewissen Gesetzmäßigkeit ist das Krankheitsbild von Mensch zu Mensch sehr unterschiedlich; denn jeder einzelne hat seine eigene Geschichte. Es gibt keine Duplikate. Keine Kopien. Jeder ist ein Original.

5. Das Individuum Mensch

Wenn wir auf einem belebten Bahnhof das Kommen und Gehen der Menschen beobachten – wie Meereswogen –, so stellen wir bei genauerem Hinsehen fest, daß sich einer vom andern unterscheidet, sei es durch sein Gesicht, seine Gestalt, oder durch seine Bewegung, seinen Typ.

Groß und klein; robust und zart; geschickt und ungeschickt; schnell im Denken und langsam im Handeln; geistig aufgeschlossen oder im praktischen Arbeiten kaum noch zu übertreffen; unbekümmert und problematisch; waghalsig und ängstlich; großzügig und kleinlich; positiv und pessimistisch – so begegnet uns der Mensch.

Läßt den einen ein hartes Wort kalt, so kann ein anderer unter der leisesten Kritik beinahe zerbrechen. Es gibt Menschen, die von Natur aus kontaktfreudig sind. Ihnen ist es selbstverständlich, sich mitzuteilen, während ein anderer zurückhaltend ist und sein eigentliches Wesen tief verschließt und zu depressiver Erlebnisverarbeitung neigt. Neben dem Menschen mit einer ausgeprägten Ordnungsliebe finden wir den andern, der sich nur im größten Chaos wohlfühlen kann.

Diese Gegenüberstellung kann beliebig fortgesetzt werden. Und dieser Vielfalt menschlicher Charaktere begegnen wir Tag für Tag. Ja, nicht zuletzt ist es diese Vielfalt, die das Leben so farbig erscheinen läßt.

Das Bild einer Persönlichkeit wird gleichsam aus drei Bausteinen geformt:

a) Veranlagung
b) Umweltprägung
c) Erlebnisverarbeitung

Diese drei Bausteine sind entscheidend verantwortlich für das Werden einer Persönlichkeit.

Ist einer dieser Bausteine beschädigt, zeigt sich die gesamte Persönlichkeit gestört.

Sehen wir uns nun die einzelnen Bausteine etwas näher an.

a) Die Veranlagung

Wenn wir ein Kind beobachten, können wir feststellen, daß schon bei einem kleinen Kind der eine oder andere Charakterzug sehr ausgeprägt vorhanden sein kann.

So gibt es innerhalb einer Familie sehr unterschiedliche Kinder.

Da ist das eine still und zurückgezogen, gehorsam und bereit, alles zu teilen, während ein anderes sehr temperamentvoll ist und mit lautem Geschrei seinen Willen durchzusetzen versteht. Und wieder ein anderes verfolgt heimlich seinen eigenen Vorteil, um die Gunst der andern nicht zu verlieren.

Kinder, unter den gleichen Voraussetzungen geboren; Kinder derselben Eltern, den gleichen Einflüssen ausgesetzt – und doch kann jedes so unterschiedlich veranlagt sein.

Gehen wir einmal davon aus, daß diese Kinder auch die gleiche Zuwendung erhalten haben und intelligenzmäßig das gleiche Startkapital mitbrachten, so können sie doch in ihrer Veranlagung sehr gegensätzlich sein.

Es gibt eine ganze Skala verschiedenster Charakterzüge, die als Merkmal hervorstechen. Doch wollen wir uns hier auf sechs beschränken.

Wenn wir versuchen, diese Charakterzüge bildlich darzustellen, können wir vielleicht am besten den Davidsstern als Muster wählen.

Im Kern sind alle Charakterzüge latent vorhanden, bis sich der eine oder andere herauskristallisiert.

Und wie in der Tiefe der Erde das Magma als Energiequelle schlummert, so schlummert im Menschen sein Ego, dieses Ich, das als treibende Kraft in uns vorhanden ist und unser Handeln bestimmt.

Nehmen wir nun diesen Davidsstern auseinander, so haben wir zwei gleichschenklige Dreiecke mit jeweils drei Zacken, die als drei verwandte Wesenszüge einer Persönlichkeit angesehen werden können.

Da ist zunächst das erste Dreieck mit den Spitzen: *depressiv-ängstlich-zwanghaft.*

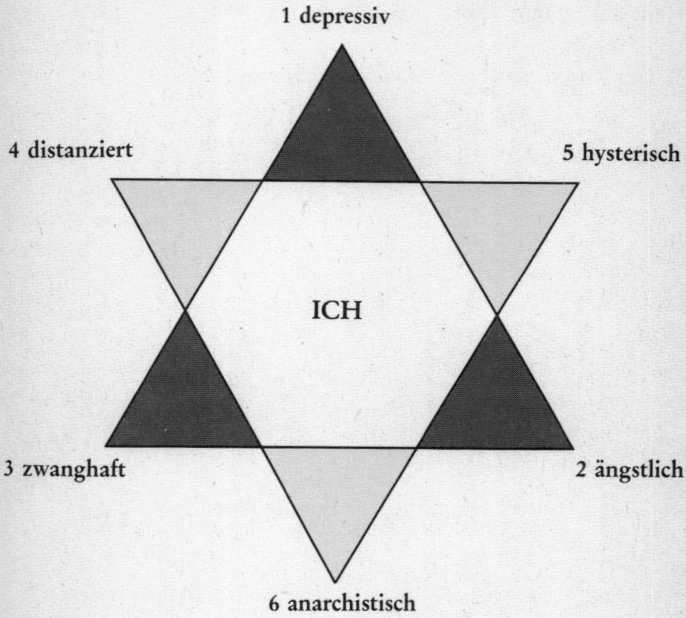

1) Der *depressive* Persönlichkeitstyp

Dieser Mensch ist von Natur aus eher etwas schwerfällig. Schon seine Bewegungen strahlen eine gewisse Müdigkeit aus. Was er erlebt, wird tief in sein Innerstes hineingenommen und dort verarbeitet, lange und schwer, wobei er nicht mit Selbstvorwürfen spart.

Er sehnt sich nach menschlicher Nähe, so daß er teilweise distanzlos wirkt. Trennung vom Du erlebt er als Bedrohung und schlimmste Katastrophe. Das Verlassenheitsgefühl kann sich bis zur Verzweiflung steigern. Allein eine enge Bindung verspricht ihm Sicherheit und Geborgenheit.

So setzt er seine Hilflosigkeit ein, um den andern an sich zu ketten. Gelingt ihm das nicht, gerät er in Panik. Ist er dagegen sich des Partners gewiß, so kann er sich ihm völlig ausliefern. Er ist sehr warmherzig, einfühlsam, opferbereit. Aber er erwartet auch vom andern ein Opfer.

2) Der *ängstlich-unsichere* Persönlichkeitstyp

Aufgrund einer starken Verunsicherung lebt dieser Mensch in ängstlicher Selbstbeobachtung. Er ist bemüht, es jedem recht zu machen. Gelingt ihm das nicht, grübelt er und bestraft sich selbst und ist tief unglücklich. Er liebt den Frieden und kann keine Spannung ertragen. Das verleitet ihn häufig dazu, den Weg des geringsten Widerstandes zu gehen.

Hinter der Angst vor der Auseinandersetzung kann sich die Angst vor dem Erwachsenwerden verbergen, Angst vor der Reife. So schiebt er eine Entscheidung vor sich her.

Bei diesem Persönlichkeitstyp ist häufig eine sehr einseitige Mutterbeziehung zu beobachten, wobei der Vater als Gegenpol nicht vorhanden war oder nicht in Erscheinung trat. Der Ängstliche neigt zu hypochondrischen Beschwerden.

3) Der *zwanghafte* Persönlichkeitstyp

Dieser Mensch ist außerordentlich gewissenhaft und zuverlässig, so daß ihm gern Verantwortung übertragen wird. Er hat ein starkes Sicherungsbedürfnis, darum pocht er auf Tradition und ist bestrebt, das Bestehende festzuhalten. Ein zwanghafter Mensch hat Schwierigkeit, sich umzustellen. Er ist stur und fanatisch, aber zugleich pflichtbewußt, ausdauernd und treu. Man kann sich auf ihn hundertprozentig verlassen.

Die zwanghafte Persönlichkeit ist sehr ordnungsliebend. Alles muß genauestens eingeordnet werden. Wenn etwas nicht nach einem vorgeschriebenen Schema verläuft, ist dieser Betreffende außer sich. Sein Zimmer muß hundertprozentig aufgeräumt sein. Jeder Bleistift an seinem Platz, und das Bild darf nicht schief hängen. Jeder Beleg wird nachgerechnet, und ist er einem Fehler auf der Spur, so scheut er keinen Weg und keine Kraft, um den Fehler korrigieren zu lassen: Briefe werden geschrieben, Ämter eingeschaltet – alles muß äußerst korrekt sein. Ein Unrecht kann er nur schwer verkraften und hinnehmen. Und wenn er den Eindruck gewonnen hat, auf irgendeinem Gebiet zu kurz gekommen zu sein, kann er ungeahnte Aktivitäten entwickeln, um das, was ihm seiner Ansicht nach zusteht, herbeizuschaffen. Hat er körperliche Beschwerden, so sind auch diese systematisch geordnet.

Betrachten wir nun das zweite Dreieck mit seinen drei Spitzen, so haben wir den *rational-distanzierten,* den *hysterischen* und den *anarchistischen* Persönlichkeitstyp vor uns.

4) Der *rational-distanzierte* Persönlichkeitstyp

Dieser Mensch ist von Natur aus distanziert, unpersönlich, kühl und berechnend. Er fühlt sich durch Nähe leicht bedroht, daher liegt in seiner Haltung eine lauernde Spannung. Er will anonym bleiben und hat Angst vor menschlicher Nähe. Eine Bindung empfindet er als unerträgliche Last. Will man ihm Verantwortung übertragen, so sieht er darin eine Fessel, die sein Eigenleben stört.

Doch wenn diese Verantwortung seinem Geschäftsdenken einträglich erscheint, ist er bereit, alle möglichen Ämter zu bekleiden. Mit seiner oft überdurchschnittlichen Intelligenz beobachtet er kritisch, bevor er Stellung bezieht. Durch seine Neigung zur Unabhängigkeit scheint er zu Führungsrollen geradezu disponiert zu sein.

5) Der sogenannte *hysterische* Persönlichkeitstyp

Diese Bezeichnung ist sehr belastet, und doch kennen wir alle solche Menschen, die um jeden Preis zur Geltung kommen wollen. Gelingt ihnen das nicht, sind sie beleidigt. Sie zeigen häufig ein auffallendes Gehabe und verstehen es, äußerst dramatisch ihre Krankheiten zu schildern, und sind darauf bedacht, nur ja kein Symptom auszulassen.

Im Gegensatz zu der zwanghaften Persönlichkeit liebt der Hysterische das Wagnis, das Neue. Diese Menschen haben Angst vor Dauer. So ist die Veränderung Ausdruck ihrer Freiheit. Sie verachten jede Tradition. Ihr Narzismus, d.h. ihre übersteigerte Selbstliebe, sucht nach Bestätigung und Anerkennung.

Dazu ein Beispiel:

Eines Tages kam ein Psychologie-Student in meine Sprechstunde. Er hatte gerade einen demonstrativen Selbstmordversuch hinter sich.

Sein Auftreten wirkte unnatürlich und übertrieben. Er schwankte, zitterte und ließ sich endlich seufzend in den Sessel fallen und fragte mich neugierig:

»Na, wie wirke ich auf Sie?«

Ich antwortete ausweichend:

»Ein wenig erschöpft.«

Enttäuscht, ja, geradezu entsetzt fragte er:

»Ist das alles – ist das alles? Und dann ein so geschulter Mann wie Sie? Da hätte ich Ihnen doch eine bessere Menschenkenntnis zugetraut.«

Ich bedankte mich höflich für seine hohe Meinung und dann wagte ich einen direkten Vorstoß:

»Ich weiß, das ist Ihnen nicht genug. Sie möchten ein besonders schwerer Fall sein. Am liebsten wäre es Ihnen, Sie würden ohnmächtig zusammenbrechen und mit Blaulicht ins Krankenhaus eingeliefert werden.«

»Woher wissen Sie das?« stammelte er fassungslos. Und dann gestand er: »Genau das hatte ich mir heimlich gewünscht. Aber es hat ja nicht geklappt.«

Dieses Geltungsbedürfnis verleitet dazu, sich in eine Krankheit hineinzusteigern.

Doch sind diese Menschen zugleich sehr kontaktfreudig, großzügig und anpassungsfähig. Sie sind mutig und durch ihr impulsives Temperament interessante Gesellschafter, in der partnerschaftlichen Beziehung jedoch wenig beständig. Ihre Unzufriedenheit stellt zugleich eine Gefahr dar, sich für neue Wege zu öffnen, seien es neue Religionen, die ihnen Bewußtseinserweiterung versprechen, oder Drogen, die neue Erfahrungen vermitteln. Oft nur von Neugier getrieben oder um sich interessant zu machen – und schon befinden sie sich in den Fängen einer Sucht, aus denen sie sich nicht mehr selbst befreien können.

6) Der *anarchistische* Persönlichkeitstyp

Seit einigen Jahren scheint ein neuer Persönlichkeistyp herangewachsen zu sein, die anarchistische Persönlichkeit, die sich über jede menschliche Ordnung hinwegsetzt und sich nimmt, wonach sie gerade verlangt. Zwar hat es zu jeder Zeit Psychopathen gegeben, die ihre eigenen Gesetze hatten, aber heute findet diese Gruppe immer mehr Anhänger.

Ähnlich wie die rational-distanzierte Persönlichkeit, so ist auch der anarchistische Typ nicht in der Lage, eine Bindung einzugehen, denn er sieht nur sich selbst und verfolgt rücksichtslos seine egoistischen Ziele. Er gibt sich gleichgültig, gefühlskalt und neigt zu Brutalität. In der bewußten Verachtung der alten Werte fühlt er sich stark. Er braucht die Gruppe, um Bewunderung und Anerkennung zu finden. Er lehnt jede Verpflichtung ab und scheut kontinuierliche Arbeit.

Diese Typenübersicht kann nur sehr grob sein, denn im allgemeinen haben wir es mit Mischformen zu tun. So finden wir in uns selbst Charakterzüge von dem einen und auch von einem anderen Typ. Aber trotzdem können wir von hervorstechenden Merkmalen sprechen.

Aber jetzt müssen wir uns fragen: Was hat den Menschen geformt und zu dem werden lassen, was er ist? Damit wären wir bei dem zweiten Baustein.

b) Die Umweltprägung

Ich erinnere mich an eine junge Verkäuferin, die in einer sehr gespannten, lauernden Haltung vor mir saß. Während ich mich langsam im Gespräch an sie herantastete, um ihren familiären Hintergrund kennenzulernen, beobachtete sie mich. Unwillkürlich wurde ich an das Bild eines gehetzten Wildes erinnert, das zum Sprung ansetzt, um sich in letzter Verzweiflung seinem Verfolger entgegenzuwerfen. Dann wieder zog sie sich in düsteres Schweigen zurück wie hinter einen eisernen Panzer.

So verging eine Woche nach der andern. Schließlich versuchte ich, sie aus ihrem Versteck herauszulocken und fing an, ihr Verhalten wie in einem Spiegel ihr vor Augen zu halten.

Plötzlich griff sie nach einem Buch auf meinem Schreibtisch und schleuderte es mir voller Wut entgegen. In ihren Augen blitzte ein vernichtender Haß auf, und ich wußte, daß es dieser Haß war, der sie von ihren Mitmenschen isolierte und ihr das Leben zur Qual machte.

Ein langes Schweigen folgte.

Dann sagte ich zu ihr:

»Sie sind es gewohnt, auf diese Weise Ihren Unwillen kundzutun, denn Sie haben nie etwas anderes kennengelernt.«

Wütend sprang sie auf, um das Sprechzimmer zu verlassen und zischte mich an:

»Lassen Sie mich in Ruhe!«

»Aber Sie sind doch extra von weit her zu mir gekommen!«

»Das war mein Irrtum.«

»Sie sind in Ihrer Rolle nicht glücklich, sonst wären Sie nicht hier.«

»Was kümmert Sie mein Glück!«

»Möchten Sie, daß es mir gleichgültig ist?«

Sie schwieg – und blieb.

Wie sich herausstellte, lebte sie von Kind an in einem völlig zerstrittenen Zuhause. Ihren Vater kannte sie fast nur betrunken. Und oft, wenn er nach Hause kam, brachte er eine neue Freundin mit. Dann kam es zu handfesten Auseinandersetzungen. Gegenstände wurden geworfen und Türen zugeschlagen. Nicht selten endeten Meinungsverschiedenheiten in einer Prügelei.

Hier war ein Mensch in einer Welt des Hasses aufgewachsen und jetzt selbst zu einem Hassenden geworden.

Sie sehnte sich nach Freundschaft. Aber fand sie endlich Kontakt, zerbrach die zwischenmenschliche Beziehung schon bald wieder durch ihr unbeherrschtes, launisches und aggressives Wesen. Wo immer sie auftauchte, gab es Spannung und Streit. Sie wußte sich von keinem geliebt – und sie selbst war auch nicht fähig zu lieben.

Das, was in diesem Menschen an guten Fähigkeiten keimhaft vorhanden war, konnte sich in dieser Atmosphäre nicht entfalten. Es fehlte die gesunde Basis, auf der ein gesundes Verhalten aufgebaut werden konnte. Es fehlten die einfachsten Voraussetzungen. Sie hatte nie gelernt, in Ruhe mit einem andern zu reden, auf ihn zu hören oder auf ein Thema einzugehen; denn es war niemand da, der es ihr vorgelebt hätte. Schreien, Türen schlagen und Gegenstände werfen – damit war sie aufgewachsen bei ihr zu Hause.

Ähnlich ist es bei einer unvollständigen Familie, in der ein Elternteil – sei es Vater oder Mutter – allein erzieht. Da fehlt oft nicht nur die notwendige Korrektur, sondern auch die Möglichkeit der Identifikation. Eine Mutter kann nicht den Vater ersetzen und umgekehrt.

In einer Großfamilie kann solch ein Verlust leichter aufgefangen werden als in einer Kleinfamilie.

Aber nicht nur die Familie ist ein prägender Faktor, auch die weitere Umgebung spielt eine Rolle. So wird sich ein Mensch in einem Dorf anders entwickeln als in einer anonymen Hochhausatmosphäre einer Millionenstadt; ein Bergdorfbewohner anders als einer von der weiten Prärie; ein Kind von einer kleinen Insel anders als sein Altersgenosse vom Kontinent. Auch der Norden hat eine andere Prägung als der Süden; der Okzident anders als der Orient, Kultur und geschichtlicher Hintergrund prägen ein Volk und ein Volk seine Bürger. Hinzu kommt der soziale Status, die Tradition usw.

Das alles prägt als Umwelteinfluß eine Persönlichkeit.

Der dritte Faktor, der das Bild eines Menschen abrundet, ist:

c) Die Erlebnisverarbeitung

Die Erlebnisverarbeitung wiederum ist abhängig vom Charakter, der Erziehung und dem Vorbild als Orientierungshilfe. Die Fähigkeit, das Erlebte umzuformen oder zu integrieren, ist eine dynamische Kraft, die in einem Menschen schlummert.

Diese Kraft kann geweckt oder unterdrückt werden. Dabei spielt das *Vorbild* eine entscheidende Rolle.

Ein Kind braucht ein Gegenüber, mit dem es sich identifizieren kann. Fehlt in seiner entscheidenden Entwicklungsphase dieses Modell, nach dem es sich ausrichten kann, so kommt es zu einer Persönlichkeitsstörung.

Ein Mensch wird sich immer so weit entwickeln, wie er eine Vision hat, eine Vorstellung, wie er werden möchte. Orientiert er sich an einem niedrigen Modell, so wird auch sein Verhalten entsprechend sein. Richtet er sich nach einem hohen Ideal, so wird er an sich arbeiten, bis er diesem Ideal ähnlich wird.

Erziehung und Vorbild haben somit in der Entwicklung eines Kindes einen hohen Stellenwert.

Stellen wir hier zwei Gruppen einander gegenüber: die heile Familie und eine broken-home-Situation.

Der eine wird – nicht nur in materieller Hinsicht – in eine wohlhabende Familie hineingeboren. Ihm steht, bildlich gesprochen, ein großes »Bankkonto« zur Verfügung. Er genießt Anerkennung und Zuwendung, er weiß sich geliebt und geborgen.

Der andere beginnt sein Leben mit »roten Zahlen«.

Das Leben dessen, der ein großes Kapital an Liebe und Zuwendung im Rücken weiß, wird durchweg geruhsamer sein als das Leben des andern, der zusehen muß, wie er mit dem überschuldeten Erbe zurechtkommt. Andererseits aber kann das »Haben« zu Gleichgültigkeit und Trägheit verleiten. Man wird egoistisch, indem man nur sich selbst sieht, immer fordernder, anspruchsvoller in seiner Prinzenrolle, denn man ist es ja gewöhnt, daß einem alles in den Schoß fällt.

Der andere dagegen weiß, daß er nur unter Einsatz der ganzen Kraft dieses Minus überwinden kann. Er muß kämpfen, um zu überleben.

Begegnet ein Kind – ganz gleich, welchen Hintergrund sein Leben aufweist – einem andern Menschen, den es bewundert und mit dem es sich identifiziert, so wird es sich bemühen, diesem Vorbild nachzueifern, sei es positiv oder negativ.

So mögen die Voraussetzungen unterschiedlich sein. Entscheidend ist das Ziel, auf das der einzelne zustrebt.

Schwierigkeiten bleiben nicht aus. Irgendwann kommt der Punkt im Leben eines jeden, wo er mit sich selbst kämpfen muß. Dabei ist noch die Frage, wer es schwerer hat, sich selbst zu überwinden, derjenige, dem der Kampf von Anfang an erspart geblieben ist, oder der andere, der im Kampf geübt ist.

Wer durch Schwierigkeiten und Enttäuschungen trainiert ist, hat eine ungeahnte Möglichkeit, sein Leben zu vertiefen und seine Erfahrungen mutmachend an andere weiterzugeben. Sein Leben kann somit ein aufgerichtetes Zeichen der Hoffnung werden.

Je tiefer ein Mensch unter seinen menschlichen Problemen und Schwierigkeiten gelitten hat, desto tiefer kann er herabsteigen, um einen anderen in seiner Grenzsituation abzuholen.

Nehmen wir noch einmal das Beispiel jener Verkäuferin, deren familiären Hintergrund wir soeben schilderten. Dieser junge Mensch steht vor einer Entscheidung, entweder die altvertraute Verhaltensweise der Eltern zu übernehmen und im ständigen Krieg mit der Umwelt zu leben – oder sich ein völlig neues Lebensprinzip anzueignen.

Keiner dieser drei Bausteine ist also ein Schicksal, das wir ergeben hinnehmen müßten. Vielmehr ist jeder einzelne ein Baustein, ein Stein, den wir benutzen, um damit etwas zu bauen, nämlich unsere Persönlichkeit, unser Leben. Nicht so sehr der Stein ist entscheidend, sondern der Plan, nach dem wir bauen. Solch ein Plan ist wie der Entwurf eines Architekten. Ohne solch eine Vorlage kann ein Haus keinen Bestand haben.

Und es gibt viele verschiedene Entwürfe, je nachdem, wofür solch eine Vorlage gedacht ist, ob es eine herrschaftliche Villa ist oder eine romantische Fischerhütte – für den einen Bau werden Ziegelsteine benutzt, für einen anderen wieder Bruchsteine. Ob

Marmor oder Holz – das ist gar nicht so entscheidend. Aber was damit gebaut wird, zählt.

So mag es sein, daß die Voraussetzungen im Leben eines Menschen sehr unterschiedlich sind. Vielleicht auch fühlt sich der eine dem andern gegenüber benachteiligt.

Aber es geht hier nicht darum, uns miteinander zu vergleichen und einander zu kopieren, sondern unsere jeweilige Individualität herauszuarbeiten mit dem Material, das uns zur Verfügung steht.

Mit anderen Worten: mit der Veranlagung, die wir mitbekommen haben, und dem Elternhaus, in das wir hineingeboren wurden, und den Ereignissen, mit denen wir konfrontiert wurden und die uns geprägt haben.

II. Die kranke Seele

Schwerpunkte

Wie wir es von dem Immunsystem unseres Körpers her kennen, ist dem Menschen normalerweise die Fähigkeit der Krankheitsabwehr gegeben – zumindest bis zu einem gewissen Grad.

Aber nicht nur unser Körper, sondern auch unsere Seele verfügt über einen Selbstverteidigungsmechanismus und trägt in sich die Fähigkeit, Wunden heilen zu lassen.

Erst wenn dieser Mechanismus nicht mehr funktioniert, wird die Psyche krank.

Die drei verbreitetsten psychischen Störungen zeigen sich in Schizophrenien, endogenen Depressionen und Neurosen, wobei Neurosen den weitaus größten Anteil darstellen, und vor allem unter jungen Menschen wie eine Volksseuche verbreitet sind. Depressionen hingegen sind verstärkt im mittleren Lebensalter zu finden.

Bei einer Schizophrenie beträgt das Erkrankungsrisiko in der Durchschnittsbevölkerung der ganzen Welt ca. 1 %. Die Erkrankungsrate der Depressionen und Neurosen liegt jedoch weitaus höher.

1. Schizophrenie

a) Allgemeines

Schizophrenie, auch Spaltungsirresein genannt, ist eine von altersher umstrittene Krankheit, bei der die *Anlage* eine wichtige Rolle spielt. So kommen unter den Verwandten von Schizophrenen gehäuft Schizophrenien vor. Auch ist bei eineiigen Zwillingen eine wesentlich höhere Erkrankungsrate anzutreffen als bei zweieiigen Zwillingen.

Psychologisch spricht man bei einer Schizophrenie von einer Ich-Schwäche oder einer Störung in der Ich-Struktur.

Eine Schizophrenie zeigt sich in einer gestörten *Wahrnehmung*, einem gestörten *Denken* und *Wollen* und einem gestörten *Verhalten*.

Über die Entstehung dieser Krankheit herrscht nach wie vor Unklarheit. Die jüngsten Forschungen haben wieder neue Fragen aufgeworfen, die zeigen, daß diese Krankheit der Medizin noch immer ein Rätsel aufgibt.

Macht der eine Autor das Milieu, in dem der Erkrankte aufgewachsen ist, für eine Schizophrenie verantwortlich, so vermutet ein anderer eine Störung im Stoffwechsel der biogenen Amine, und wieder ein anderer – diese Meinung wird häufig in christlichen Kreisen vertreten – sieht hinter einer Schizophrenie schlicht eine Besessenheit.

Anhand der ätiologischen Untersuchung ist zu vermuten, daß *Umwelt* und *Familienmilieu* das Auslösen einer Erkrankung begünstigen.

Wo innerhalb einer Familie keine klare Kommunikation praktiziert wird, ist ein Kind zutiefst verunsichert. Es fühlt sich bedroht, ist voller Mißtrauen, wittert hinter allem eine Feindseligkeit und glaubt, ihm würde eine Schlinge gelegt.

Solch eine Grundverunsicherung kann Wahnideen hervorbringen, die schließlich in eine Schizophrenie münden.

Obwohl häufig die Familienkonstellation auffällig ist, kann doch ein organischer Faktor nicht ausgeschlossen werden. Die Wissenschaft ist derzeit bemüht, anhand einer Modellpsychose gewisse biochemische Vorgänge zu rekonstruieren, um die Schizophrenie besser zu verstehen. Man weiß, daß gewisse chemische Substanzen unser Gehirn beeinflussen. So wurde beispielsweise nach Amphetaminmißbrauch ein verändertes Verhalten beobachtet. Eine sogenannte Amphetaminpsychose ist gekennzeichnet durch akute Halluzinationen, wobei der Erkrankte den Kontakt zur Umwelt verliert. Versuche an Ratten, Mäusen, Meerschweinchen und Katzen zeigten ein ähnliches Bild: Nach Amphetamingaben stellten sich Zwangsnagen, rhythmische Bewegungen und stereotype Verhaltensformen ein. Diese und ähnliche Beobachtungen führten dazu, daß man biochemische Vorgänge im Gehirn analysierte, um eine Fehlsteuerung medikamentös zu regulieren.

Im Rahmen der Orthomolekularen Psychiatrie versucht ein Team von Wissenschaftlern in Kanada und den USA den Stoffwechsel des Gehirns durch hohe Gaben von Vitaminen zu beeinflussen, und teilweise mit gutem Erfolg.

Bisher jedoch konnten weder für die eine noch für die andere Theorie zufriedenstellende Beweise erbracht werden. Zudem machen manche Grenzfälle eine Unterscheidung sehr schwer.

Trotz der Unsicherheit stehen heute der Medizin eine Anzahl guter Präparate zur Verfügung, mit denen die Krankheit unter Kontrolle gehalten werden kann.

Da es sich bei der Schizophrenie in erster Linie um ein medizinisches Problem handelt, soll in diesem Zusammenhang nur kurz darauf eingegangen werden.

Die Erkrankung beginnt in den meisten Fällen schleichend, so daß eine Schizophrenie im Vorstadium nicht leicht zu erkennen ist, zumal wenn man nicht genügend Abstand hat.

Zwar mögen gelegentlich einige Äußerungen befremden, doch ist das Verhalten zunächst durchaus noch angemessen. Dann aber werden die Gedankenläufe immer bizarrer. Und ist das Denken gestört, führt das zu gestörten Handlungen.

Viele Patienten reagieren in dieser frühen Phase erschreckt und mit wachsender Panik. Sie sind sich einer Veränderung bewußt, ohne darauf Einfluß nehmen zu können. Im weiteren Verlauf treten dann immer stärker Störungen der Ich-Funktion in den Vordergrund.

Die Krankheit kann jedoch auch ohne nennenswerte Vorboten zum Ausbruch kommen, indem der Kranke plötzlich in einer anderen Realität lebt, zu der lediglich er selbst Zugang hat. Seine Gedanken sind für einen Außenstehenden nicht nachvollziehbar. Das Reden erscheint zusammenhanglos und das Handeln unverständlich.

Häufig wird der Ausbruch solch einer Erkrankung von einer

Liebesidee eingeleitet. Dadurch, daß es sich nicht um eine reale Liebesbeziehung handelt, vielmehr um ein Wunschdenken, wird dieser Wunsch zum Wahn, bis der Betroffene von seiner Wahrnehmung gefangen ist, so daß er sich nicht mehr davon distanzieren kann.

Ein schizophrener Mensch ist von seiner Vorstellung derart überzeugt, daß er für eine Argumentation oder Erklärung nicht zugänglich ist.

Noch immer herrscht weithin die Auffassung, daß Schizophrenie mit Verblödung identisch ist und daß sie unheilbar sei.

Statistische Aussagen jedoch bezeugen, daß die ungünstigen Verlaufsformen seltener geworden sind. Häufiger begegnen wir heute wellenförmigen Verläufen, mit teilweise leichten bis mittelschweren Restzuständen.

Bei etwa 30–40 % der Kranken kommt es zu einer völligen Ausheilung.

b) Formen der Schizophrenie

Grob gesehen unterscheiden wir vier verschiedene Schizophrenieformen. Es handelt sich dabei nicht um eigenständige Krankheitsbilder, vielmehr um Mischformen mit unterschiedlichen Schwerpunkten:

1) Die *paranoid-halluzinatorische* Form

Dieses Erscheinungsbild ist gekennzeichnet durch Wahnideen und Halluzinationen, wobei die akustischen Halluzinationen überwiegen. Die Kranken fühlen sich häufig ferngesteuert oder hypnotisiert.

> Eine junge Frau, Ende zwanzig, wurde nach einer Liebesenttäuschung zunehmend unruhig und zeigte starkes Mißtrauen. Sie behauptete, in ihrer Wohnung abgehört zu werden. Zufällig aufgegriffene Bemerkungen Fremder bezog sie auf sich und war nicht davon abzubringen, in der Zeitung eine Bestätigung

für ihren Verdacht gelesen zu haben und glaubte, über das Fernsehen verschlüsselte Botschaften zu erhalten. Sie war von einer Verschwörung überzeugt und bestand darauf, andere würden sich über sie lustig machen.

Sie steigerte sich immer mehr in ihren Wahn, bis sie schließlich wutentbrannt zu ihren Nachbarn lief, um sie zurechtzuweisen.

Nach mehrwöchiger Behandlung in einem Krankenhaus verschwanden die akuten Beschwerden, so daß die junge Frau rückblickend feststellte: »Ich muß doch krank gewesen sein.«

2) Die *Katatonie*

Dieser Form der Schizophrenie, in der es zu starken Erregungszuständen oder aber zu einer Erstarrungsform kommt, begegnen wir heute - dank der Pharmakologie - recht selten. Charakteristisch sind motorische Unruhe und Erregung.

Herr M. war kaufmännischer Angestellter, Mitte 30 und geschäftlich sehr gefordert. Nach einigen Streßsituationen und einer Liebesaffäre fiel er seinen Kollegen durch sein wortkarges Verhalten auf. Er wurde zunehmend unnahbar.

Nachdem er einige Nächte kaum geschlafen hatte, wurde er ängstlich und mißtrauisch und äußerte seiner Frau gegenüber, von anderen beobachtet zu werden. Er hörte Stimmen, die ihn beschimpften und ihm zuredeten, sich umzubringen.

Als er in die Klinik eingewiesen wurde, war er geistesabwesend, hielt sich die Ohren zu und verharrte wie eine Statue.

Innerhalb von zwei Wochen - nach entsprechender medikamentöser Behandlung - besserte sich der akute Schub.

3) Die *Hebephrenie*

Diese Form der Schizophrenie beginnt vorwiegend in und um die Pubertät und kann zu einer Wesensveränderung mit einem Persönlichkeitsabbau führen.

Ein hervorstechendes Merkmal ist die Antriebslosigkeit, die

jedoch mehr oder weniger auch bei anderen Schizophrenieverläufen beobachtet wird.

Die 18jährige Susanne war von Kind an still und zurückgezogen. In der Pubertät steigerte sie sich in die Idee hinein, zu dick zu sein, was jedoch nicht zutraf. In ihren Argumenten wurde sie immer fanatischer, immer extremer, und bald darauf fiel sie durch ihr verändertes Verhalten auf.

In dieser Zeit verliebte sie sich. Aber ihre Liebe wurde nicht erwidert. So zog sie sich noch mehr zurück und fing an, Selbstgespräche zu führen, wobei sie von Zeit zu Zeit unmotiviert grinste. Sie wurde zunehmend teilnahmslos und vernachlässigte ihre Körperpflege.

Nach einem Klinikaufenthalt gingen diese Symptome weitgehend zurück, doch blieb sie noch lange Zeit antriebsgestört, so daß sie am liebsten den ganzen Tag im Bett verbracht hätte. Zwei Jahre später kam es zu einer erneuten Liebesidee, die sich jedoch wieder nicht erfüllte. Es kam zu einem weiteren Schub, der einen stationären Klinikaufenthalt erforderlich machte.

4) *Schizophrenie simplex*

Diese Form der Erkrankung entwickelt sich sehr schleichend und undramatisch. Der Kranke isoliert sich zunehmend und verliert an Vitalität und fällt häufig durch absonderliches Gehabe auf.

Manche von ihnen werden von der Gesellschaft als »schrulliger Kauz« integriert. So kommen diese Kranken im allgemeinen ohne größere Auffälligkeiten zurecht.

c) Wie begegnen wir einer Schizophrenie?

Die menschliche Psyche ist ein kompliziertes Ineinander verschiedenster Vorgänge, die wir nicht in einzelne Substanzen zerlegen können. Gefühle und Gedanken lassen sich nun einmal nicht unter dem Mikroskop bestimmen. Dennoch können wir einige Regeln aufstellen, die sich im Umgang mit diesen Kranken als hilfreich erwiesen haben:

1) *Bleiben Sie ruhig und sachlich und versuchen Sie, den Kranken immer wieder auf die reale Ebene zurückzubringen,* d.h. sprechen Sie ihn auf die wirkliche Situation an.

Die Umstände, unter denen eine stationäre Behandlung erforderlich wird, können oft sehr dramatisch sein, so daß der Helfer leicht aus dem Konzept gerät.

2) *Seien Sie konsequent und tun Sie alles, damit der Kranke zu einer ärztlichen Behandlung motiviert wird.* Diese Kranken müssen grundsätzlich fachärztlich versorgt werden. Ein akuter Schub der Schizophrenie kann nur in den seltensten Fällen ambulant erfolgreich behandelt werden. In der Regel haben diese Menschen keine Krankheitseinsicht, darum ist es u.U. erforderlich, daß Sie ihm eine Entscheidung abnehmen. Dabei dürfen Sie selbst keine Unsicherheit zeigen. Da diese Kranken ihre Orientierung verloren haben, müssen Sie ihnen diese Orientierung geben.

3) *Verhalten Sie sich ungezwungen* und gehen Sie nicht in eine Art Schutzstellung, sondern setzen Sie ein soziales Verhalten voraus und reden Sie mit ihm ganz natürlich.

4) *Besuchen Sie ihn während seines stationären Aufenthaltes,* damit er die Beziehung zu der normalen Welt nicht verliert. Es ist dabei wichtig, daß der Kranke während seines Klinikaufenthaltes auf das vorbereitet wird, was danach auf ihn zukommt.

5) *Versuchen Sie,* nach der stationären Behandlung *den Kranken mit großer Zähigkeit und sachgemäß zu einer normalen Lebensgestaltung anzuhalten.* Da bei dieser Erkrankung im allgemeinen eine Antriebsstörung zurückbleibt, ist eine Lebensschulung erforderlich, in der der Kranke unter Anleitung zu einem normalen Tagesrhythmus zurückfindet.

Die *Arbeitsgemeinschaft Christlicher Lebenszentren* verfügt inzwischen über eine Reihe gut geführter Häuser, in denen die Kranken einer entsprechenden Rehabilitation zugeführt werden. Eine Liste dieser Einrichtung kann bei der Geschäftsstelle der ACL (Arbeitsgemeinschaft christlicher Lebenszentren) »Hoffnung für Dich«, Ludwigstraße 42, 6300 Gießen, angefordert werden.

2. Depressionen

Das Wort Depression ist längst zu einem Modewort geworden. Wir wollen hier jedoch differenzieren; denn nicht jede Verstimmung ist eine Depression.

Wir unterscheiden drei Hauptformen:

a) die organisch bedingte oder endogene Depression,
b) die erlebnisbedingte oder reaktive Depression,
c) die neurotische Depression (siehe unter 3. Neurosen, S. 56ff.).

a) Die organisch bedingte oder endogene Depression

Im Gegensatz zu der sogenannten neurotischen Depression, die jahrelang vorbereitet wird, kann die *endogene Depression* völlig unerwartet zum Ausbruch kommen und auch ebenso plötzlich wieder verschwinden. Häufig jedoch wird eine depressive Grundstimmung beobachtet. So berichten uns beispielsweise Angehörige: »Mein Vater war schon immer depressiv«, oder: »Meine Mutter war seit je schwer zugänglich und hatte wenig Kontakte.« Kommt es dann zum Ausbruch einer endogenen Depression, so wird dieser depressive Charakterzug noch verstärkt.

Aber genauso treffen wir Angehörige, die berichten: »Meine Mutter ist völlig verändert. So habe ich sie nie erlebt.« Oder: »Mein Vater war immer sehr fröhlich und aktiv. Sein jetziges Verhalten ist mir ganz fremd.«

Schon lange vermutete man in der Medizin, daß die sogenannte endogene Depression genau wie beispielsweise Diabetes oder eine andere Stoffwechselerkrankung auf einen gestörten biochemischen Mechanismus zurückzuführen ist und darum in erster Linie medizinisch behandelt werden muß – und auch behandelt werden kann.

Es gibt zwei Ausdrucksformen einer endogenen Depression, einmal die *depressive* Verlaufsform, zum andern das Gegenbild: eine *Manie.*

Statistisch gesehen zeigt sich diese Krankheit vorwiegend in der depressiven Form, d.h. der Kranke wird von einer niederdrückenden Schwere beherrscht.

Es kann jedoch auch das Gegenbild einer depressiven Fessel zum Ausdruck kommen, wobei der Kranke in einer unrealistischen Hochstimmung, einer *Manie*, lebt.

Bei etwa 66 % derer, die an einer endogenen Depression erkranken, ist das depressive Bild vorherrschend. Es kann sein, daß diese Erkrankung nur einmal im Leben des Betreffenden auftritt. Es kann aber auch sein, daß sie sich Jahr für Jahr wiederholt.

Eine lastende Schwere zwingt den Menschen völlig in ihren Bann. Sie lähmt ihn derart, daß er wie ein Gefangener diesem Druck ausgeliefert ist. Solch eine lähmende Phase kann einige Wochen andauern oder manchmal auch mehrere Monate. In vereinzelten Fällen kann sie sich sogar über Jahre hinziehen. Dann aber kann sich diese Schwere plötzlich wieder auflösen. Und der bis dahin Depressive erwacht wie aus einem dumpfen Todesschlaf. Plötzlich nimmt er wieder wahr, was um ihn herum geschieht, und fängt an, sich an der Schönheit der Natur zu freuen; überhaupt Freude zu empfinden. Er ist wieder fähig, Beziehungen herzustellen, Gefühle wahrzunehmen und darauf zu reagieren, wozu er vorher gar nicht in der Lage war.

Etwa 28 % dieser Kranken, die soeben noch in einer dumpfen Teilnahmslosigkeit dahindämmerten, werden plötzlich wie durch einen unwiderstehlichen Sog in eine Hochstimmung versetzt. Von einer Lebenslust getrieben, als müßten sie all das Versäumte nachholen. Sie fühlen sich unbeschreiblich wohl und spüren eine fast übermenschliche Kraft in sich und lassen sich zu Aktivitäten hinreißen, die ihre Fähigkeiten weit übersteigen. Sie leben wie in einem Wahn und meinen, zu den größten Taten fähig zu sein und das Unmögliche vollbringen zu können. Sie reden beinahe pausenlos und lachen und stecken voller Einfälle und geben sich überaktiv. So können sie in aller Frühe mit ihrem Wagen kreuz und quer durch die Stadt fahren und schon vor 6 Uhr ihre Freunde aus dem Bett klingeln. Sie kommen gar nicht auf die Idee, daß ihr Verhalten unangemessen sein könnte. Sie sind einfach nicht in der Lage, irgendwelche Konsequenzen zu überblicken. So schließen sie Verträge – manchmal über Zigtausende von Mark –, die später juristisch nur schwer wieder zu annullieren sind. Sie kaufen Gegenstände, mit denen sie überhaupt nichts anfangen können. Und wenn man ihnen sagt, daß sie krank sind, reagieren sie empört.

Ich erinnere mich an Günther, der von seinen besorgten Angehörigen zu mir gebracht wurde. Als ich ihm Medikamente verschreiben wollte, lachte er nur schallend und rief:

»Ich krank? Herr Doktor, Sie sind krank. Ich, ich bin vollkommen gesund! Ich habe mich noch nie so wohl gefühlt. Ich müßte Sie behandeln!«

Und dabei war er drauf und dran, ganze Läden aufzukaufen, ohne auch nur einen Pfennig zu besitzen.

Solch ein Hoch, verbunden mit einer unrealistischen Selbsteinschätzung, kann einige Wochen, ja auch einige Monate andauern, bis sich wieder das gesunde Realitätsbewußtsein einstellt. Und nicht selten geht solch eine Hochstimmung wieder über in ein neues Tief, als seien alle Reserven des Körpers vorschnell aufgebraucht.

Bei der überwiegenden Mehrzahl der Erkrankten finden wir Depressionen im Wechsel mit einer Manie, oder aber nur die depressive Ausdrucksform. Lediglich bei etwa 6 % kommt es ausschließlich zu der manischen Form dieser Erkrankung.

1) *Merkmale* einer endogenen Depression

Bei einer Depression unterscheiden wir verschiedene Stufen oder Schweregrade. Wenn jedoch einige charakteristische Merkmale zusammentreffen, müssen wir an eine organisch bedingte Depression denken.

Da ist erstens die *depressive Grundstimmung*. Neben einer Gedrücktheit besteht die Unfähigkeit, Gefühle wahrzunehmen. Diese Kranken können sich nicht freuen. Das Schöne um sie herum läßt sie unberührt. Aber sie empfinden auch keine Trauer. Ihre Emotionen sind wie erstarrt. Eine trockene, stumpfe Traurigkeit

– ohne Tränen. Viele klagen, jeglichem Geschehen völlig gleichgültig gegenüber zu stehen. Sie fühlen sich als Schatten ihrer selbst, ohne Resonanz, ohne Empfinden. Und unter diesem Gefühlsdefizit leiden sie – aber dieses Leid nehmen sie nicht als Leid wahr, sondern lediglich als dumpfen Druck, der auf ihnen lastet. Sie sind auch nicht fähig, ihren Angehörigen Liebe entgegen zu bringen, so sehr sie sich bemühen, frühere Gefühle wieder aufleben zu lassen, es gelingt ihnen nicht. Sie sind wie abgestumpft. Ausgedörrt. Unbeteiligt.

Wie oft klagen depressive Menschen vor mir: »Ich empfinde nichts mehr für meinen Mann. Ich kann ihn nicht lieben. Ja, ich weiß gar nicht, was Liebe ist.« Oder: »Meine eigenen Kinder stehen mir so fern, als wären es Fremde.« Da kann kein Band geknüpft werden, da ist kein Echo, denn das Gefühlsleben ist wie erstorben.

Zweitens begegnen wir bei den Depressionen einer gewissen *Denkhemmung*.

Depressive Menschen klagen darüber, sich nicht konzentrieren zu können und unfähig zu sein, positive Gedanken hervorzubringen, zudem neigen sie zu Zwangsgrübeln. Ihre Gedanken sind verworren und bruchstückhaft.

Wenn der depressive Mensch aufgefordert wird, einen bestimmten Gedankengang nachzuvollziehen, so ist er überfordert. Auch wenn wir versuchen würden, ihn von der Liebe Gottes zu überzeugen, würde er uns gedanklich nicht folgen können, denn sein Denken ist blockiert. Alles Reden rauscht an ihm vorbei.

Auch kann er ein Buch zur Hand nehmen, ohne den Inhalt zu begreifen. Er erfaßt keinen Zusammenhang; denn er starrt nur in sich selbst hinein.

Als dritter Punkt muß eine *Antriebshemmung* genannt werden. Der depressive Mensch ist so antriebsgestört, daß er sich zu nichts aufraffen kann. Die kleinste Entscheidung, die von ihm gefordert wird, stellt ihn vor ein unlösbares Problem.

Ein Chef, der jahrelang seine Angestellten an Aktivität übertraf, sieht sich plötzlich nicht mehr in der Lage, auch nur einen einfachen Brief zu Papier zu bringen. Arbeiten, die ihm bis dahin selbstverständlich waren, stehen jetzt wie ein unüberwindbarer Berg vor ihm.

Eine Hausfrau, die zwanzig oder mehr Jahre ihre Familie versorgt hat, fühlt sich plötzlich unfähig, das einfachste Essen vorzubereiten. Sie schafft es auch nicht, ihre Wohnung in Ordnung zu halten oder ihre Wäsche zu waschen. Sie ist wie gelähmt und fühlt sich nach der geringsten Tätigkeit so erschöpft, daß sie am liebsten im Bett bleiben möchte.

Und in der Tat ziehen sich manche Kranke ins Bett zurück und sind nicht dazu zu bewegen, ihre Burg zu verlassen. Wie in einem dumpfen Todesschlaf dämmern sie vor sich hin, allem Geschehen um sich herum gleichgültig gegenüber. Hier gilt es zu prüfen, ob es sich um eine echte Krankheitsform handelt oder aber um ein Fehlverhalten, das korrigiert werden muß.

Das vierte Symptom einer Depression sind *Vitalstörungen*, d.h. diese Kranken haben keinen Appetit und klagen über Verdauungsstörungen im Sinne einer Verstopfung, über Potenzstörungen und Schlaflosigkeit. Andere wieder werden geplagt von dumpfen Kopfschmerzen, Schwindel, Magenbeschwerden, Kreuzschmerzen, Herzbeschwerden usw.

Fünftens ist bei 70 % der endogen-depressiven Kranken *Angst* zu beobachten, sei es Angst vor Krebs oder vor der Vereinsamung oder vor irgendeinem unbekannten Schicksal. Häufig ist diese Angst gegenstandslos, sie kann sich aber dennoch bis zur Todesangst steigern.

Als sechstes Merkmal gelten *unrealistische Schuldgefühle*. Nicht selten stehen sie unter dem Eindruck, von Gott verworfen zu sein. Und weil sie keine Beziehung zu Gott haben, verstärkt sich noch ihr Schuldgefühl und ihre Selbstanklage. Andere wieder fürchten, die »Sünde wider den heiligen Geist« begangen zu haben.

Die Schuldfrage spielt im Leben des depressiven Menschen eine große Rolle. Alles und jedes wird ihnen zur Schuld. So grübeln sie, und ihre Gedanken kreisen Tag und Nacht um dasselbe Geschehen. Trotz vieler Beichten finden sie keine Ruhe, denn sie akzeptieren keine Vergebung.

Hier gilt es zu unterscheiden, ob es sich um eine reale Schuld handelt, oder ob die Versündigungsidee Ausdruck einer Erkrankung ist, und dementsprechend muß dann die Hilfe angesetzt werden.

Bei echter Schuld helfen keine Medikamente, sondern es hilft nur Vergebung. Handelt es sich dagegen um eine krankhafte Versündigungsidee, dann helfen keine Beichtgespräche. Hier muß medizinische Hilfe gegeben werden.

Nicht selten besteht eine *Suizidgefährdung*, die wir ernst nehmen müssen. Obschon der Kranke in seiner tiefsten depressiven Phase auf Grund seiner Antriebshemmung kaum in der Lage ist, sein Leben wegzuwerfen, ist er doch zu Beginn und beim Abklingen solch einer depressiven Phase gefährdet.

Siebtens kommt es in den meisten Fällen zu einer gewissen *Tagesschwankung*. In der Regel fühlt sich der depressive Mensch am Morgen elender als gegen Abend. Wenn er erwacht, liegt der neue Tag mit einer drückenden Schwere auf ihm. Einerseits von einer inneren Unruhe getrieben und andererseits von der Passivität gelähmt, innerlich wie erstarrt und zugleich von Angst gequält.

Doch gegen Abend läßt die Schwere allmählich nach. Ja, manchmal höre ich: »Ab 21 Uhr fühle ich mich wieder wohl, dann könnte ich anfangen zu arbeiten. Aber am nächsten Morgen ist alles wieder genauso dunkel wie vorher.«

Diese sieben Punkte können als typische Merkmale einer endogenen Depression angesehen werden. Allerdings treffen sie bis zu einem gewissen Grad auf jede Depressionsform zu. Ja, selbst der Gesunde kennt Zeiten, in denen der eine oder andere Punkt hervortritt. Ein fähiger Beobachter jedoch erkennt sehr bald, ob hier eine organische Störung vorliegt oder nicht.

Es mag sein, daß bei einem oder dem andern ein Glaubensproblem in den Vordergrund gerückt wird oder irgendein Konflikt nicht angemessen verarbeitet wurde. Vielleicht sogar sagt jemand: »Ich bin nicht krank, ich komme nur über dieses oder jenes nicht hinweg« – werden dann jedoch diese sieben Punkte deutlich, liegt der Verdacht auf eine Stoffwechselerkrankung nahe.

2) Wie begegnen wir einer endogenen Depression?

Wie soll sich nun der Helfer einem depressiv Erkrankten gegenüber verhalten?

Die Hilfe wird sehr unterschiedlich aussehen, je nachdem, welche Form einer Depression vorliegt.

Bei einer endogenen Depression ist in erster Linie *medizinische Hilfe* angezeigt. Dabei ist es wichtig, dem Kranken immer wieder zu versichern, daß dieser Zustand vorübergeht. Und er geht in der Tat vorüber.

Wenn die depressive Phase abklingt, erwachen diese Kranken wie aus einem langen, dunklen Schlaf und können sich selbst nicht mehr verstehen, daß sie so teilnahmslos und von ihrem negativen Denken derart gefangen gewesen sind.

Mit einem deutenden oder therapeutischen Gespräch wäre ein Kranker in seiner depressiven Phase überfordert. Allerdings treffen häufig so viele Konflikte aufeinander, daß die Probleme, die menschlich lösbar sind, miteinander angegangen werden sollten, um eine zusätzliche Belastung zu vermeiden.

Gerade bei den endogen Erkrankten ist *menschlicher Kontakt* entscheidend; das Bewußtsein, nicht allein gelassen zu sein, gibt dem Kranken Geborgenheit. Darin besteht die beste Therapie.

In seiner tiefsten Depression ist der Kranke nur schwer zugänglich, aber im Grunde dankbar für menschliche Nähe und einen engagierten menschlichen Beistand.

Vielleicht fühlt sich der Helfende selbst hilflos. Vielleicht auch reagiert er verärgert, wenn er den Eindruck gewinnt, daß all seine Mühe den Kranken nicht aus seinem Verließ locken können. Aber es geht hier nicht um den Helfer, sondern um den, der Hilfe braucht. Und dieser registriert im allgemeinen sehr genau, ob jemand bereit ist, die Last mitzutragen, ohne zu ermüden. Ein langer Atem ist wichtig.

In seiner Hilflosigkeit macht der Helfer nur zu gerne dieses oder jenes Hilfsangebot, ohne die Situation richtig einschätzen zu können. Wer beispielsweise einen Depressiven zu einem *Ortswechsel* zu überreden versucht, wird ihm in der Regel keinen guten Dienst leisten. Der Kranke fühlt sich in der vertrauten Umgebung am sichersten. Eine Umstellung wäre für ihn nur schwer vorstellbar.

Anders dagegen sieht es bei dem aus, der auf Grund einer Konfliktsituation in eine Depression hineingeraten ist. Da kann es eine Lösung sein, aus dem Konfliktfeld herausgenommen zu werden, um Abstand zu gewinnen – falls das möglich ist!

Oft liegen die Dinge viel komplizierter. Ein junger Erwachsener kann aus dem Elternhaus gehen – aber wir können einer Mutter nicht raten, ihre Familie zu verlassen, oder einem älteren Mann, sich ein anderes Wirkungsfeld zu suchen. Die Konstellation ist oft so verwickelt, daß eine Flucht gar nicht möglich ist.

Für den Depressiven ist es unbedingt erforderlich, solange wie möglich im *Arbeitsprozeß* zu bleiben, denn dadurch wird nicht nur die Gelegenheit zum Grübeln auf ein Minimum beschränkt, sondern die noch verbliebenen Kräfte werden immer wieder neu aktiviert. Untätigkeit erhöht die Anfälligkeit.

Allerdings sollte es eine Arbeit sein, die nicht zu viele Entscheidungen fordert, da sonst die Angst zu versagen überhandnehmen kann. Andererseits können kleine Erfolgserlebnisse helfen, das geschwächte Selbstvertrauen ein wenig zu stärken.

Ich habe immer wieder erfahren, daß eine kontinuierliche Verbindung zu dem Kranken eine große Hilfe ist. Dabei ist es wichtig, feste Zeiten miteinander zu vereinbaren, wie etwa: »Wir sehen uns morgen um 16 Uhr.« Dieses *feste Engagement* stellt für den Kranken eine Sicherheit dar und kann selbst eine Suizidgefährdung abwenden. Es wäre keine Hilfe, wenn man ihm tröstend versichern würde: »Sie können mich jederzeit besuchen« oder »Wir sehen uns demnächst wieder.« Ein fester Zeitpunkt wird in der Stunde der Anfechtung zu einem Rettungsring, an den sich der Kranke wie ein Ertrinkender klammert. Ein winziger Schimmer Hoffnung leuchtet dadurch in seinem Leben auf.

Und als Christ haben wir die Möglichkeit, für den andern vor Gott einzustehen. Diese *Fürbitte* im Hintergrund ist oft wirkungsvoller als aufwendige Aktionen. Aber das eine schließt das andere nicht aus.

b) Die erlebnisbedingte oder reaktive Depression

Eine lastende Schwere, verbunden mit diesen oder jenen körperlichen Begleiterscheinungen, muß nicht immer organisch bedingt sein. Sie kann auch eine Reaktion auf ein Erlebnis sein, das den Menschen tief in seiner Substanz getroffen hat.

Das fängt oft bei einer kleinen Auseinandersetzung an, einer unangenehmen Kritik, die jemand einstecken muß. War er soeben noch gut gelaunt und zuversichtlich, voll guter Ideen, so schlägt das Stimmungsbarometer plötzlich um und zeigt auf »schlecht Wetter«. Er wird lustlos, gereizt, deprimiert und hat kaum Kraft, die vor ihm liegende Arbeit anzupacken. Am liebsten würde er aufgeben und davonlaufen, denn er sagt sich: »Es hat doch alles keinen Sinn.«

Ein Wort, ein Blick, ein Schweigen kann wie eine dunkle Macht auf einen Menschen einwirken. Er kann von diesem Druck so gefangen sein, daß er sich selbst nicht recht versteht.

Aber solch eine Enttäuschung oder Niederlage muß nicht in eine Depression münden. Denn unser Alltag ist ja voll von diesen kleinen Widerwärtigkeiten. Und letztlich brauchen wir solche Herausforderungen, um daran zu reifen.

Ein anderer wiederum reagiert auf einen Verlust überdimensional. Er hat etwas verloren, was ihm sehr lieb war, vielleicht war es ein Mensch, der ihm sehr nahe stand; vielleicht ein finanzieller Wert oder ein Erinnerungsstück; eine Arbeit, auf die er große Hoffnung gesetzt hatte, oder etwas, was er über Jahre aufgebaut hatte, um später einmal davon zu profitieren – und dann ist alles zunichte geworden. Die Hoffnungen sind zerschlagen.

Solch ein Verlust kann einen Menschen tief treffen und ihm alle Lebensfreude rauben. Er ist entmutigt. Er sieht kein Ziel mehr. Aber auch dies muß noch keine Depression auslösen.

Oder: Ein Mensch wird von einer tödlichen Krankheit erfaßt. Er sieht, wie sein Leben ihm aus der Hand gleitet. Die nackte Verzweiflung packt ihn. Er weiß, daß es sinnlos ist, gegen sein Schicksal anzukämpfen. Er resigniert. Aber auch das heißt noch nicht, daß jemand depressiv wird.

Ähnlich kann es bei den verhängnisvollen Folgen eines schweren Unfalls sein. Der Betreffende erkennt, daß er sein Leben nicht mehr so gestalten kann, wie er es seinen bisherigen Fähigkeiten nach gekonnt hatte. Jetzt hindert ihn sein körperlicher Zustand daran. Vielleicht bleibt er für den Rest seines Lebens an den Rollstuhl gefesselt.

Oder noch ein Beispiel: Da ist eine älter werdende Frau. Durch Illustrierte und Reklame wurde ihr stets vor Augen gemalt, daß nur die Jugend attraktiv ist und begehrenswert. Nun muß sie sehen, wie die Falten in ihrem Gesicht deutlicher werden und ihr Haar stärker ergraut. Die Kinder, die bis dahin für sie Lebensinhalt bedeuteten, haben das Haus verlassen. Wenn sie sich dann noch von ihrem Partner nicht verstanden weiß und es kommt gar zur Scheidung, kann sie in eine tiefe Krise geraten. Sie schleppt sich mühsam durch jeden Tag.

Doch all diese Schicksalsschläge und Enttäuschungen müssen nicht in eine Depression führen. Aber sie können eine Depression begünstigen und ihr den Weg bereiten. Manchmal kommt ein Steinchen zum andern, und eine Enttäuschung löst die andere ab – bis ein Mensch diese Niederlagen nicht mehr verarbeiten kann. Dann entwickelt sich eine Depression. Aber diese Depression ist nicht organisch bedingt, sondern ein Symptom, das auf ein unbewältigtes Erlebnis hindeutet.

Ein gewissenhafter Angestellter hatte es in seiner Firma zu einem verantwortungsvollen Posten gebracht. Er hatte ein gutes Verhältnis zu seinem Chef, und der Chef schätzte ihn als intelligenten und zuverlässigen Partner. Die Arbeit machte ihm Freude. Er war voller Selbstvertrauen und zeigte ein sicheres Auftreten.

Da schied sein Chef aus Altersgründen aus der Firma aus, und an seine Stelle trat sein dynamischer junger Sohn, der etliche Jahre jünger war als jener langjährige Angestellte. Es kam von da an zu ständig neuen Konfliktsituationen, in denen der ältere Angestellte mit seiner Anschauung nicht durchkam. Er mußte jedesmal zurückstecken und wurde von anderen Kollegen kritisiert, die sich bei dem neuen Chef beliebt machen wollten. Aufgrund seines vorgerückten Alters konnte er nicht mehr aus dem Konfliktfeld fliehen. So galt es, noch zehn Jahre auszuhalten. Dieser bis dahin so selbstbewußte, tüchtige Mann wurde depressiv.

Wenn ein Mensch Jahr um Jahr in einem Konflikt leben muß, aus dem er keinen Ausweg sieht, besteht die Gefahr, daß sich eine Depression entwickelt oder sein Körper die Sprache einer Depression spricht. Dieser Konflikt kann dem Betreffenden *bewußt* sein; er kann aber auch *unbewußt* sein und unterschwellig wie ein schleichendes Gift wirken. Sehr häufig handelt es sich dabei um familiäre Konflikte, aus denen ein Mensch keinen Ausweg sieht.

Frau M. fiel durch ihre Zurückgezogenheit und schnelle Erregbarkeit auf. Sie weinte bei dem geringsten Anlaß und war nur schwer wieder zu beruhigen. Nach einigen Vorgesprächen packte sie aus. Beinahe vierzig Jahre war sie verheiratet und wurde noch immer den Eindruck nicht los, den falschen Partner geheiratet zu haben. Aber sie wagte nicht, sich selbst eine Fehlentscheidung einzugestehen.

Ihr Mann, eine sehr dominierende Persönlichkeit, duldete keinen Widerspruch. Er forderte völlige Unterwerfung. Alles, was er sagte, mußte geschehen. Niemand durfte es wagen, ihm zu widersprechen.

Hatte die Frau in den ersten Jahren ihrer Ehe noch versucht, ihre eigene Meinung zu vertreten, so war sie im Laufe der Jahre so verunsichert und eingeschüchtert, daß sie es vorzog zu schweigen.

Aus dieser Ehe war ein Kind hervorgegangen. Die Mutter klammerte sich an dieses Kind. Jetzt hatte sie endlich einen Verbündeten. Anstatt mit ihrem Mann, besprach sie jetzt alle Dinge mit ihrem Kind. Aber das Kind litt verständlicherweise unter dieser Spannung in der Familie, und die Umklammerung der Mutter wurde dem heranwachsenden jungen Menschen zu einer unerträglichen Fessel, so daß dieser Jugendliche früh das Elternhaus verließ.

Nun stand die Mutter wieder allein. Sie wurde zunehmend depressiv. Körperliche Symptome stellten sich ein. Und kaum war sie von der einen Krankheit genesen, brach schon eine neue auf. Der eigentliche Konflikt wurde verdrängt, dafür körperliche Symptome in den Vordergrund gerückt.

Ein anderes Beispiel:

Herr B. galt als sehr zuvorkommend und einsatzbereit. Nach außen hin schien alles in Ordnung. Er hatte eine gute berufliche Position, drei Kinder, die bereits studierten, seine Frau war attraktiv und tüchtig. Aber die Beziehung zueinander trug viele Wunden. Es waren kleine Verletzungen, alltägliche Reibereien, die aber letztlich Ausdruck der inneren Disharmonie waren. – Das eigentliche Problem war, daß er sich als Mann von seiner Frau abgelehnt fühlte. Wenn er sich ihr sexuell zu nahen versuchte, wies sie ihn verächtlich zurück. Diese Kränkung wagte er nicht einmal sich selbst einzugestehen. Aber sie nagte in ihm. Er wurde depressiv.

Wie begegnen wir einer reaktiven Depression?

Bei einer reaktiven Depression muß zunächst auf die *Ursache* eingegangen werden, die eine Depression hervorrief.

Oft ist es schon eine Hilfe, wenn der Depressive über sein Problem mit einem andern sprechen kann. Dieses Sichaussprechen ist wie das tiefe Durchatmen, es reinigt, entspannt und belebt.

Ein Verlust kann nicht ohne weiteres ersetzt und ein durchlittenes Unrecht nicht wegdiskutiert werden. Oft braucht es Zeit, um eine Wunde heilen zu lassen.

Dann aber gilt es, sich neu zu orientieren, *neue Beziehungen* herzustellen, neue Aufgaben zu finden, die ein *neues Selbstvertrauen* vermitteln.

Und schließlich können wir den Leidenden auf ein höheres Ziel hinweisen und ihn darin unterstützen, alles, was er erlebt hat, alle Niederlagen und Enttäuschungen, all seine bitteren Erinnerungen mit Gott neu zu verarbeiten. (Siehe auch Hilfen zum Gespräch.)

Das ist oft schwer, vor allem, wenn eine Kränkung vorausgegangen ist. Da möchte ein Mensch an seinem Rachebedürfnis festhalten. Hier geht es dann um die *Vergebung*, darum, daß Vergangenes nicht mehr nachgetragen wird.

Menschlich gesehen mag das unmöglich erscheinen. Aber wer sich für diesen Weg entscheidet, der hat Gott auf seiner Seite, und in dessen Leben wird Gott seine Verheißungen wahrmachen.

Ich erinnere mich an einen Menschen, der hatte zwanzig Jahre lang in einer Depression gelebt. Während wir miteinander ins Gespräch kamen, stellte sich heraus, daß da zwei Menschen waren, denen er einfach nicht vergeben konnte. Und jedesmal, wenn die Depression über ihm zusammenschlug, steigerte sich auch die Verbitterung gegen diese beiden Menschen. Er war Christ. So sprachen wir schließlich über die Vergebung. Die erste Reaktion war: »Das ist unmöglich!«

Theoretisch mußte er zwar zugeben, daß Jesus Christus unmißverständlich von seinen Jüngern die Bereitschaft zur Vergebung erwartete – ja, daß diese Vergebung Voraussetzung dafür ist, daß Gott auch uns vergibt. Aber gefühlsmäßig kam er nicht mit. Alles in ihm wehrte sich dagegen. So billig sollten diese Menschen nicht davonkommen. Insgeheim suchte er Rache.

Dann endlich – nach langem Zögern – war er bereit, die Vergebung auszusprechen. Ich atmete auf.

Vierzehn Tage später rief er mich an: »Herr Doktor, ich habe vor zwei Wochen diesen Menschen vergeben. Aber inzwischen sind mir wieder neue Dinge eingefallen. Es ist einfach unmöglich.«

Da standen wir wieder genau an demselben Punkt. Am Telefon sprachen wir lange miteinander. Über eine Stunde lang. Und ich versuchte, ihm klar zu machen: wenn er von seiner psychischen Bedrückung frei werden will, bleibt ihm keine andere Wahl, als zu vergeben. Aber das war seine Entscheidung. Nicht meine.

Endlich war er auch diesmal entschlossen, denen zu vergeben, die ihn so verletzt hatten. Ich dachte: »Jetzt haben wir es geschafft.«

Vierzehn Tage später rief er wieder an. »Es ist ganz unmöglich!« Es waren ihm erneut Dinge eingefallen, die er jetzt auflistete. Es schien diesmal noch unmöglicher zu sein, als je zuvor, dieses Unrecht ungesühnt zu lassen. All die Verleumdungen, die kleinen Ungerechtigkeiten und Sticheleien, all die Verletzungen ... Eine Erinnerung löste die andere ab.

So vergingen Wochen. Monate. Ein halbes Jahr.

Und jedesmal hat er ganz bewußt die Vergebung ausgesprochen. Und eines Tages fiel ihm nichts Neues mehr ein.

In dieser Zeit haben wir beide gelernt, was eigentlich Vergebung ist: Vergebung ist nicht nur ein einmaliges Geschehen, Vergebung ist eine Gesinnung. Eine Gesinnung, die sich in einem Menschen bildet.

Und dann sagte dieser Betreffende zu mir: »Solange ich denken kann, war ich schon immer Christ. Ich bin in einem christlichen Elternhaus aufgewachsen und glaubte schon immer an Jesus Christus. Ich habe in der Bibel gelesen und kannte viele Stellen auswendig. Aber als ich am vergangenen Sonntag in der Kirche das Vater-unser betete, ist es mir zum ersten Mal aufgegangen, daß dieses Gebet mit mir persönlich zu tun hat. ›Und vergib uns unsere Schuld – wie auch wir vergeben unseren Schuldigern‹ – da wußte ich zum ersten Mal, daß ich gemeint war. Das ist ja *mein* Gebet, dachte ich.«

Inzwischen sind zehn Jahre vergangen. Dieser Mensch ist nie wieder depressiv geworden. Er hatte manche Schwierigkeiten – aber diese Schwierigkeiten konnten nicht mehr in Bitterkeit umgesetzt werden, denn er war bereit zu vergeben – bevor die Bitterkeit sich in seinem Leben einnisten und ihr Gift verbreiten konnte.

3. Neurosen

a) Organneurosen

Sagt man einem Menschen, daß er an einer Depression erkrankt ist, so nimmt er diese Diagnose an und wird auch ohne weiteres seinen Freunden und Bekannten mitteilen, daß er an einer Depression leidet. Das wird akzeptiert. Bei einer Neurose ist das anders. Man hört es nicht gern, fühlt sich verletzt und degradiert, wenn man als neurotisch bezeichnet wird.

Es ist, als würden bei der Diagnose »Depression« falsch verarbeitete Probleme als Krankheit legitimiert, wohingegen die Bezeichnung »Neurose« als versteckter Vorwurf aufgefaßt wird, als Kritik an der Persönlichkeit oder auch als Charakterschwäche.

Wenn ich einem Menschen den Stempel einer Neurose aufdrücke, so ist das für andere ein Warnzeichen, ihm möglichst aus dem Weg zu gehen; denn ein Neurotiker hat nicht nur Schwierigkeiten mit sich selbst, sondern er bereitet auch anderen Schwierigkeiten, so daß die zwischenmenschliche Beziehung sich häufig problematisch gestaltet.

Haben Sie schon einmal versucht, einen Ball unter die Wasseroberfläche zu drücken? Je tiefer er kommt, desto größer wird der Druck. Und plötzlich rutscht er aus der Hand, um irgendwo wieder aufzutauchen.

Ähnlich verhält es sich mit den Problemen, die mühsam unterdrückt werden. Eines Tages kommen sie wieder an die Oberfläche – aber vielleicht in einer ganz neuen Gestalt, so daß wir zunächst gar keinen Zusammenhang herstellen können. Bei einer Neurose unterscheiden wir – grob gesehen – zwischen Organ- und Psychoneurosen.

Bei den Organneurosen werden Schwierigkeiten nicht im psychischen, sondern vorwiegend im physischen Raum ausgetragen. Durch körperliche Symptome werden gewisse Botschaften ausgestrahlt.

So kann ein Mensch beispielsweise jahrelang mit Migräne zu tun haben oder unter Magenbeschwerden leiden. Kaum ist das Magengeschwür mit Erfolg behandelt, so stellen sich Gallenkoliken ein. Und ist der Patient soeben von einer Gallenoperation genesen, kommt es zu einer Herzattacke. Auch Lähmungen können auftreten und Sprachstörungen. Sehr häufig kommt es zu Asthmaanfällen, oder man beobachtet schwer zu behandelnde Ekzeme usw.

Dahinter steckt dann keine organische Erkrankung, sondern ein ungelöster Konflikt. Interessanterweise heißt es im Volksmund: »Jemand zerbricht sich den Kopf« oder »etwas liegt einem auf dem Magen« oder »die Galle läuft über« ...

Das bedeutet nun nicht, daß jede Migräne einen psychischen Hintergrund hat oder jede Herzkrankheit von einem Psychiater behandelt werden müßte. Aber der Körper drückt häufig das aus, was unsere Seele nicht sagen kann.

Da aber der Körper nicht das richtige Sprachorgan ist, müssen wir lernen, uns so auszudrücken, daß wir verstanden werden. Das ist eine Kunst, die nicht jeder beherrscht, die aber jeder erlernen kann (siehe III/3: Hilfen zum Gespräch).

b) Psychoneurosen

Im Gegensatz zu den Organneurosen werden bei den *Psychoneurosen* Schwierigkeiten im psychischen Raum ausgetragen.

Zu den Psychoneurosen zählen:

1) die neurotische Depression,
2) Angstneurosen und Phobien,
3) Zwänge.

1) Die *neurotische Depression*

Bei einer neurotischen Depression liegt nicht ein bewußter Konflikt zugrunde, sondern eine unbewußte Konfliktverarbeitung, die bis in die Kindheit zurückreicht.

Robert war ein junger Mann, Mitte zwanzig. Seit Jahren fiel er durch sein depressives Wesen auf, er wirkte düster und schweigsam. Seine ganze Erscheinung war so bemitleidenswert, daß er von seiner Umgebung einfach nicht übersehen werden konnte. Mal kümmerte sich der eine, mal der andere um ihn, jedoch ohne ihn letztlich zu erreichen. Er befand sich stets am Rande der Gemeinschaft.

Wenn man versuchte, ihn in die Gruppe zu integrieren, wehrte er sich. Aber ließ man ihn in Ruhe, beschwerte er sich.

Auch in seiner Firma war er ein Außenseiter und fiel durch immer neue Krankheiten auf. Mal war es eine Magenverstimmung, dann wieder klagte er über Herzbeschwerden oder Schwindelattacken.

Sein ganzes Verhalten schrie nach einem Hilfsangebot der anderen, aber zugleich wollte er sich nicht helfen lassen: Er war äußerst empfindlich, reagierte leicht beleidigt, jedes Wort mußte daher sorgfältig überlegt werden. Denn war er verletzt, konnte er nur sehr schwer wieder aus seinem Schmollwinkel hervorgelockt werden.

Verständlicherweise gab es einer nach dem andern auf, ihn zu gewinnen. Man ließ ihn gewähren.

Nur ein Freund aus der Schulzeit war ihm noch geblieben. Eines Tages packte dieser Freund Robert kurzerhand in seinen Wagen und kam zu mir.

Nun habe ich es immer wieder erlebt, daß es wenig Sinn hat, wenn ein Mensch von Freunden oder Verwandten zu einer Behandlung überredet wird.

Die Initiative muß von dem Betreffenden selbst ausgehen, d.h. der Leidensdruck muß so stark sein, daß er von sich aus Hilfe sucht. Erst dann ist eine Voraussetzung zur Veränderung gegeben. Der andere muß wollen. Er muß bereit sein, seine Schwierigkeiten auszuliefern, koste es, was es wolle.

Aber nun saß Robert im Wagen.

Zunächst aber kam sein Freund und berichtete: »Ich kann einfach nicht mehr. Er klammert sich derart an mich, ich könnte Tag und Nacht nur für ihn da sein. Ich werde völlig in Beschlag genommen und mit Haut und Haar verschlungen. Ich habe gar keinen Freiraum mehr. Über alles, was ich tue, muß ich Rechenschaft abgeben, sonst ist er beleidigt. Und wenn ich mich zurückziehe, droht er mit Selbstmord.«

Es stellte sich bei dem Gespräch mit Robert heraus, daß er von Kind an in einer sehr verwickelten Beziehung lebte. Von seiner Mutter wurde er fast buchstäblich wieder »einverleibt«. Auf der einen Seite sehr verwöhnt – was er genoß: er bekam alles, was er sich wünschte; auf der anderen Seite aber war die mütterliche Zuwendung an gewisse Bedingungen geknüpft. Es war wie ein ungeschriebenes Gesetz, das zwar nie verbal zum Ausdruck gebracht wurde, aber wie eine stille Abmachung war: Ich für dich und du für mich.

Wollte Robert etwas unternehmen, was nicht im Sinne der Mutter war, weil sie selbst nicht dabei sein konnte, bekam sie Magenbeschwerden oder einen Herzanfall. Dann aber schaltete sich der Vater ein, der seinem Sohn Vorwürfe machte. Wollte der Junge nicht an dem Unglück seiner Mutter schuld sein, mußte er sich fügen.

Im Laufe der Jahre staute sich in ihm eine derartige Aggression an, eine solche Wut, ja, Haß gegen seine Eltern, daß er diese innere Spannung kaum noch beherrschen konnte.

Er versuchte, sich von seinem Elternhaus zu lösen, aber jedesmal, wenn er sich ein Zimmer mieten wollte, wurde seine Mutter totkrank. Er fühlte sich in die Enge getrieben. Irgendwie ahnte er, daß etwas in dem Verhalten der Mutter nicht in Ordnung war, aber er konnte nichts beweisen. Und da ihm zu Hause alles geboten wurde, was er brauchte, war es für ihn auch wieder bequem. So blieb er und schmollte. Und wenn er dann Gleichaltrige beobachtete, die beruflich weiterkamen als er, fühlte er sich minderwertig. Er zog sich zurück und klagte an.

Er lebte wie in einem Käfig, aus dem er sich zwar einerseits heraussehnte, der ihm andererseits jedoch Sicherheit versprach.

Allmählich wurde er immer gedrückter, scheuer, verletzbarer, ohne im Grunde ausdrücken zu können, was ihn bedrückte.

Wenn es einem Menschen nicht gelingt, aus solch einer einseitig festen Bindung auszubrechen, führt diese Verwicklung in eine Depression.

Aber diese Depression ist keine Krankheit, sondern Symptom einer gestörten zwischenmenschlichen Beziehung.*

* Näheres darüber in *Achtung: Fehlschaltung!* Sind seelische Störungen vermeidbar? 3. Aufl., Wuppertal, 1985.

2) Angstneurosen und Phobien

Angst ist ein Signal; ein Alarmzeichen, um sich in Sicherheit zu bringen. So wie der Schmerz für den Körper ein Signal darstellt, um anzuzeigen, daß irgend etwas nicht in Ordnung ist, so zeigt die Angst der Seele an, daß eine Gefahr droht. Solch eine Alarmeinrichtung hat also durchaus eine positive Aufgabe

Aber wenn eine Alarmanlage ständig Alarm signalisiert, ohne daß eine Bedrohung besteht, ist irgendwo eine Störung vorhanden.

Angst kann ein begleitendes Symptom einer Krankheit sein. So beobachten wir beispielsweise bei einer endogenen Depression eine frei flottierende Angst, eine Angst ohne konkreten Anlaß. Diese Angst ist nicht auf ein bestimmtes Ereignis bezogen oder an einen Angstgegenstand gebunden, vielmehr alles, was dieser Kranke erlebt, atmet Angst.

Durch die Krankheit fehlt eine gesunde, realistische Einschätzung der Situation, so daß alles zur Bedrohung wird und der Kranke sich schließlich nicht mehr aus seiner Schutzposition herauswagt.

Auch eine Psychose ist in der Regel angstbetont. Alles, was dieser Kranke erlebt, ist von der Angst geprägt. Denn wer sich verfolgt fühlt, sieht sich bedroht und reagiert mit Angst.

Angst kann auch Begleiterscheinung einer chronischen Erschöpfung sein. Bei einer Erschöpfung sind gleichsam alle Reserven des Körpers aufgebraucht, so daß das Erlebte nicht angemessen verarbeitet werden kann.

Bei den Angstneurosen und Phobien aber liegt keine organische Erkrankung zugrunde. Im Gegensatz zu den Angstneurosen ist die Angst eines Phobikers konkret. So weiß dieser Mensch ganz genau, wovor er Angst hat. Er fürchtet sich beispielsweise vor bestimmten Tieren – seien es Hunde, Spinnen oder Mäuse; oder er fürchtet sich davor, an einer bestimmten Stelle die Straße zu überqueren, über eine Brücke zu gehen oder einen Aufzug zu betreten. Ein anderer wieder hat Angst zu erröten, zu stottern, zu zittern usw. Immer aber ist es eine übersteigerte Angst, die in keinem Verhältnis steht zu dem Angstobjekt.

Häufig begegnen wir heutzutage Krankheitsphobien. Hier handelt es sich weniger um eine reale Gefährdung, vielmehr wird die vermeintliche Gefahr wie mit magnetischer Kraft herangezogen. Ja, es ist, als hätten diese Menschen in sich einen Krankheitsmagneten entwickelt. Selbst bei einem Einkaufsbummel, dem Lesen einer Illustrierten oder beim nachbarschaftlichen Plaudern – wo auch immer: Dieser innere Magnet spürt alle Krankheits- und Unglücksmöglichkeiten auf und zieht sie auf sich.

Das führt zu einer verstärkten Selbstbeobachtung. Jede kleinste Veränderung im Körper wird ängstlich registriert und mit der Bedrohung in Zusammenhang gebracht. Schließlich ist der Betreffende so sehr von seiner vermeintlichen Krankheit überzeugt, daß er keiner sachlichen Belehrung mehr zugänglich ist. Selbst wenn ihm von kompetenter Seite her versichert wird, daß seine Angst unbegründet ist, zweifelt er an der Gültigkeit solch einer Aussage und versteht es, seinen eigenen Verdacht dadurch zu bekräftigen, daß auch bei diesem oder einem andern die Ärzte die Schwere der Krankheit falsch eingeschätzt haben.

Nun ist es nicht so, daß der Phobiker seine Angst sucht, vielmehr wird er von der Angst gefunden, weil eine bestimmte Angstbereitschaft vorhanden ist.

Menschen, die an einer Phobie leiden, sind gewöhnlich von Natur aus schon ängstlich. Hinzu kommt häufig eine ängstliche Erziehung. Und wenn man in der Familiengeschichte forscht, stellt sich zumeist heraus, daß schon die Mutter sehr ängstlich war. Und aus ihrer eigenen Angst neigte sie dazu, bestimmte Angstobjekte von ihrem Kind fern zu halten. Wenn dann noch ein Angsterlebnis – etwa der Biß eines Hundes – hinzukommt, ist der Weg zu einer Phobie geradezu vorgezeichnet.

Nicht der Biß des Hundes ist das eigentlich Tragische, sondern die Reaktion der Umwelt. Ein Kind – auch ein ängstliches Kind – würde die Erfahrung eines Hundebisses sehr bald ohne tiefen Schaden verarbeiten. Aber wenn es jetzt erlebt, wie seine Mutter auf diesen Biß reagiert, wird die Erfahrung noch um ein Vielfaches verstärkt. Und schließlich wird es seiner Psyche die Eingabe machen: Hund gleich Raubtier, gleich Gefahr. So wird es beim nächsten Mal der Gefahr aus dem Wege gehen. Solch eine Vermeidung aber führt zwangsläufig zu einer verstärkten Beobachtung: Könnte es sein, daß hinter diesem Zaun oder jener Tür ein Hund lauert? Diese Erwartung führt zu einer übertriebenen Selbstbeobachtung. Und schon kann sich der Teufelskreis schließen.

Aber nicht nur Phobien sind heute weit verbreitet, sondern immer häufiger begegnen wir Menschen, die von ihrer Angst völlig beherrscht werden. Im Gegensatz zu den Phobien ist diese Angst nicht auf einen bestimmten Gegenstand oder ein bestimmtes Angstobjekt fixiert, diese Angst ist beinahe zu einem Lebensstil geworden. Man könnte auch von einer Dauer-Existenzkrise sprechen. Diese Menschen leben wie in einem Gefängnis mit engen Mauern, aus dem sie sich nicht mehr herauswagen. Dabei klammern sie sich oft verzweifelt an einen anderen Menschen, als würde allein dieser Mensch ihrem Leben Sicherheit und Beständigkeit geben. Der Gedanke an Trennung löst eine derartige Panik in ihnen aus, daß sie wie gelähmt reagieren.

Hier haben wir es mit einer Form der Angstneurose zu tun.

Eine krankhaft übersteigerte Angst hat keine Schutzfunktion mehr, sondern Zerstörungscharakter.

Durch eine übergroße Angst verliert der Mensch den spontanen Zugang zum Leben. Die Angst engt ihn ein und hemmt ihn in seinen Entfaltungsmöglichkeiten. Und das wiederum ist eine neue Quelle der Angst, denn schon gesellt sich die nächste Angst hinzu, nämlich die zu versagen. So kann ein Angstsymptom den Keim für die nächste Angst bereits in sich tragen. Und die Angst wird immer massiver, immer bindender. Denn eine Angstbereitschaft produziert neue Ängste. So wandelt sich das Gesicht der Angst von Mal zu Mal. Das Prinzip aber bleibt dasselbe.

Hinter einer Angstneurose verbirgt sich zumeist eine Trennungsangst. Häufig berichten diese Menschen von einer engen Mutterbindung. Sie haben im Grunde nie gewagt, ihr eigenes Leben zu gestalten.

Oft handelt es sich um sehr gewissenhafte Menschen, die möglichst keinen verletzen wollen. Aber jetzt muß ein Lernprozeß einsetzen, das eigene Leben ganz bewußt zu gestalten.

Es gibt verschiedene Entwicklungsstufen, und jede Entwicklungsstufe beinhaltet etwas Neues, Noch-nie-Dagewesenes. Dieses Neue aber bedeutet zugleich Trennung vom Alten, dem bisher Vertrauten. So verläßt ein Säugling die Geborgenheit im Schoß der Mutter. Von da an können wir beobachten, wie mit wachsendem Bewußtwerden das Neue zunächst mit Angst erlebt wird.

Da ist der Schuleintritt – neue Gesichter, neue Forderungen, eine neue, unbekannte Welt.

Dann der Eintritt in das Berufsleben. Die neuen Erwartungen, die neue Verantwortung. Dann Ehe und Mutter- oder Vaterschaft. Das Aufwachsen der Kinder und damit neue Aufgaben und neue Probleme. Das eigene Älterwerden. Die neue Situation durch das Selbständigwerden der Kinder. Dann der Status als Großvater oder Großmutter. Das Zurücktreten. Das Abschiednehmen.

Das ist das Leben. Und wir müssen lernen, einerseits beständig und andererseits wandlungsfähig zu sein. In dieser Spannung zwischen dem Etablierten und dem Status des Unterwegsseins gilt es auszuharren. Ständiger Wechsel führt zu Oberflächlichkeit. Klammern wir uns jedoch an Dauer, verkümmern wir. So ist Angst letztlich die Sehnsucht des Menschen nach Ewigkeit.

Ein Mensch, der aus Angst vor dem Erwachsenwerden in seiner Entwicklung auf der Stufe eines Kindes stehengeblieben ist, gleicht einem Gewässer, das weder Zufluß noch Ablauf hat. Nur wenn wir loslassen, werden wir etwas Neues empfangen.

Und das ist letztlich das Geheimnis der Angstbewältigung: Wir müssen uns selbst loslassen, das Vertraute, das uns bis dahin Sicherheit versprach, aufgeben. Das bedeutet zwar einerseits Trennung, aber andererseits werden wir nur dadurch fähig, etwas Neues aufzunehmen, neue Erfahrungen zu sammeln und neue Beziehungen zu knüpfen.

Angst und Vertrauen schließen einander aus. Vertrauen aber setzt Vertrautsein voraus. Das gilt nicht nur für die Übung, die zur Geschicklichkeit führen soll, das gilt auch für die Beziehung, die Vertrautheit mit der Person, der ich mich anvertraue.

Wenn Gott für mich der große Unbekannte ist, wie kann ich mich ihm dann anvertrauen?

3) Als weitere Form einer Psychoneurose können *Zwänge* genannt werden.

Wirkt sich eine Angstneurose vorwiegend wie eine Blockade aus, so sucht eine Zwangsneurose sich durch äußere Aktivität zu entladen.

Hinter einer Zwangsneurose verbirgt sich häufig eine massive Aggressivität. Aber dieser Mensch wagt nicht, seine Aggression offen zum Ausdruck zu bringen. Er spürt sie unterschwellig und hat Angst vor seiner eigenen Aggressivität. Um seine Aggression zu verbergen, flieht er in die Aktivität. Aber diese Aktivität hat einen zwanghaften Charakter.

Nehmen wir als Beispiel eine übertriebene Reinlichkeit oder einen Ordnungsfanatismus. Nicht selten gewinnt man den Eindruck, daß dieser Mensch irgendjemanden bestrafen will.

Da mag es sein, daß der Betreffende von seiner Mutter stets zur Reinlichkeit ermahnt wurde, und jetzt will er seiner Mutter beweisen: »Ich bin noch besser als du, ich halte meine Wohnung noch sauberer!«

Dieser Zusammenhang kann durchaus unbewußt bleiben. Doch häufig beobachten wir, daß im Hintergrund ein verzehrender Haß schwelt, der unterdrückt und schließlich durch eine übertriebene Ordnungsliebe bestraft wird.

Nun mag eine junge Mutter, die die Aufgabe hat, ihre Kinder großzuziehen, davor zurückschrecken, ihre Kinder zur Ordnung anzuhalten oder sie zurechtzuweisen. Aber darum geht es hier nicht.

Kein Mensch kommt als Fertigprodukt zur Welt. Die Anlage und Fähigkeiten, die in einem Menschen vorhanden sind, müssen trainiert werden. Das ist ein Lernprozeß. Und zum Lernen gehört eine Korrektur. Diese Korrektur beinhaltet auch ein Zurechtweisen durch eine angemessene Strafe.

Wenn solch ein Strafen in der Atmosphäre der Geborgenheit

geschieht, vermittelt es Sicherheit, denn es setzt Grenzen. Und Grenzen braucht vor allem der junge Mensch.

Darum muß ein Kind korrigiert werden – aber nicht kritisiert.

In einer Kritik liegen leicht Distanz und Überlegenheit. Eine Kritik kann sehr lieblos sein und kalt berechnend. Eine Korrektur dagegen hat das Ziel im Auge, nämlich die Besserung. Wenn ich also eine Arbeit korrigiere, habe ich die Möglichkeit, den Gedankengang noch einmal nachzuvollziehen. Und wenn ich wieder in den alten Fehler verfalle, kann ich den gleichen Verlauf noch einmal wiederholen – bis mir die Korrektur selbstverständlich geworden ist. So ist eine Korrektur ein Training, das mich dazu führt, eine Sache schließlich zu beherrschen.

Und dann, wenn ich sie be-herrsche, also Herr darüber geworden bin, kann ich diese Fähigkeit an andere weitervermitteln. Das ist dann ein Kapital, über das ich verfüge.

Aber eine Kritik, die einfach so in den Raum gestellt wird, verletzt, wenn sie nicht Liebe spüren läßt.

Ein Kind versucht, mit solch einer Verletzung fertig zu werden, aber es weiß nicht, wie es damit umgehen soll.

Einen ähnlichen Mechanismus, wie er bei der Zwangsneurose beschrieben wurde, können wir auch bei einer *Anorexia nervosa* (Magersucht) oder der Gegenform, einer *Bulimie* (Freßsucht), beobachten. Obschon hier durchaus noch andere Faktoren mitverantwortlich sein können, wird doch häufig ein Zusammenhang erkennbar.

Wenn ich mit diesen Menschen ins Gespräch komme, stelle ich fast regelmäßig fest, daß eine – oft ungewollte – kritische Bemerkung den Betreffenden tief verletzt oder verunsichert hat.

»Du bist zu dünn, so kriegst du nie einen Mann«, oder: »Du bist zu dick, du solltest nicht so viel essen.« Wenn es nur bei einer Bemerkung bleibt, wäre das nicht tragisch. Aber oft wiederholt sich solch eine Kritik.

Anstatt diese Kritik sachlich hinzunehmen, reagieren diese Menschen überdimensional verletzt, so daß damit ein Mechanismus ausgelöst wird, der schließlich außer Kontrolle gerät. Als wäre der verletzte Stolz zu einer Feindesmacht geworden, die zuschlägt, um blindlings sich selbst und den andern zu bestrafen.

Es mag sein, daß solch eine Kritik nicht einmal verbal zum Ausdruck kam; aber das Kind fühlt sich in eine Rolle hineingedrängt, die es nicht übernehmen kann. Es weiß aber nicht, wie es sich dagegen zur Wehr setzen soll. Dann kommt ihm dieser unbewußte Mechanismus zu Hilfe, den es schließlich nicht mehr steuern kann.

Besonders quälend zeigen sich *Zwangsgedanken*. Sie können einen Menschen derart in ihren Bann legen, daß dieser kaum fähig ist, eine normale Beziehung herzustellen. Die Gedanken werden wie in einem Strudel mitgerissen. Je mehr sich der Betreffende dagegen wehrt, desto zwingender werden sie.

Es können blasphemische Gedanken sein oder irgendwelche sexuellen Vorstellungen, denen er beinahe machtlos ausgeliefert ist. Oder eine Zwangsangst bricht auf, da ist es wie eine Todesahnung: »Jetzt passiert das Unglück – jetzt – jetzt –«

Dergleichen Zwangsideen finden wir häufig bei Menschen mit großem Ehrgeiz und ängstlicher Übergewissenhaftigkeit. Zwangsgedanken entziehen sich der eigenen Kontrolle. Es ist wie ein selbstätiger Mechanismus, der nicht gesteuert werden kann. So weiß der Betreffende sehr wohl, wie unsinnig seine Befürchtungen sind. Aber da er nicht wie bei einem Buch die letzte Seite zuerst lesen kann, um zu wissen, ob die Sache gut ausgeht oder nicht, bleibt ein gewisses Unbehagen bestehen. Ein tiefes Mißtrauen beherrscht diese Menschen. Und dieses Mißtrauen geht über in den Aberglauben.

c) Umfeld einer Neurose

Der neurotische Mensch ist ein Gefangener seiner selbst. Er leidet an sich – und sucht doch den Grund seines Leidens im andern. So erwartet er vom andern, was er selbst nicht geben kann. Er fordert – und wenn seine Erwartung nicht erfüllt wird, klagt er an. Er leidet an seiner Isolation und ist doch nicht fähig, aus diesem Teufelskreis herauszukommen, denn er kann nicht vertrauen.

Wo aber kein Vertrauen ist, ist keine Sicherheit. Und diese Unsicherheit ist eine Spannung, die ein Neurotiker nur schwer verkraften kann.

Ein vertrauender Mensch erwartet selbstverständlich zunächst das Positive, das Gute. Er ist gelassen. Aber ein Mensch, der nie gelernt hat zu vertrauen, ist ständig in der Erwartung des Negativen. Und diese Erwartung gibt seinem Leben etwas Gespanntes, Lauerndes, Gehetztes, Unnatürliches. Weil er selbst nicht entspannt leben kann, strahlt er auch eine Atmosphäre aus, die einen anderen in Anspannung versetzt.

Daher ist eine Neurose nicht nur für den Betreffenden selbst quälend, sondern auch für seine Umgebung.

Da ist ein Mensch, leicht verletzt, schnell gekränkt und häufig beleidigt. Wie behutsam müssen wir sein, wie sorgsam jedes Wort abwägen! Eine falsche Geste, ein unbedachtes Wort, ein Zögern, ein Schweigen am falschen Platz – und der Betreffende zieht sich in sich selbst zurück, spricht kein Wort, aber seine Miene verrät alles.

Versuchen wir, ihn aus seinem Schlupfwinkel herauszulocken, gelingt es uns nicht. Vielleicht wird ein Schwall von Beschuldigungen über uns ergehen. Vielleicht auch wird ein dumpfes Schweigen folgen. Der Gekränkte zieht sich auf sein Zimmer zurück und wird auch nicht zum Essen erscheinen – aber seine Spannung lastet in allen Räumen und dringt durch alle Ritzen. Er strahlt eine Botschaft aus, die uns auch erreicht. Und diese Botschaft lautet: »Ich bestrafe dich.«

Wir fühlen uns in der Tat von diesem Menschen bestraft. Aber weil er sich nicht äußert, können wir auch nichts zu unserer Verteidigung vorbringen. Wenn wir diesen Menschen dann auf unser Gefühl ansprächen und ihn fragten: »Warum bestrafst du mich?« so würde er u.U. diese Behauptung weit von sich werfen, als hätten wir ihn völlig falsch verstanden.

Es ist sehr schwierig, mit solchen Menschen umzugehen. Sie sind äußerst verletzbar, haben immer recht, sind selbst immer unschuldig. Ja, ihr eigenes Fehlverhalten wird verharmlost und die Schuld dem andern zugeschoben, so daß man den Eindruck gewinnt, dieser Mensch ist nicht aufrichtig, auch wenn er noch so sehr seine Ehrlichkeit betont.

Weil diese Menschen so leicht verletzbar sind, ziehen sie sich zurück. Aber zugleich leiden sie unter ihrer Isolation und sind tief unglücklich.

Aber nicht jeder neurotische Mensch reagiert in dieser Weise, daß er den anderen anklagt. Andere leiden still und quälen sich, ohne aus ihrer Verstrickung herauszukommen. Sie fühlen sich nicht fähig zu lieben. Daher auch gestaltet sich die partnerschaftliche Beziehung in einer Ehe äußerst problematisch.

Bei neurotischen Menschen ist der Liebessender gestört; sie können weder Liebe ausstrahlen, noch empfangen. Und darunter leiden sie am meisten.

Weil sie so stark mit sich selbst beschäftigt sind, können sie nicht auf einen andern eingehen. Darum auch hat es wenig Sinn, ihnen zu einer sozialen Aufgabe zu raten, als könnten sie sich selbst im Einsatz vergessen.

Das Gegenteil ist oft der Fall. Denn dieser Mensch überträgt seine Konflikte auf seinen Arbeitsplatz. Er kann ja sein neurotisches Verhalten nicht einfach ablegen. Er ist nicht fähig, für einen anderen da zu sein, weil sein Denken von seinen eigenen Problemen völlig blockiert ist. Anstatt mitzuarbeiten, ist er für andere eine zusätzliche Belastung.

1) Wer wird *neurotisch*?

Jeder hat mit Schwierigkeiten zu kämpfen, und kein Mensch bleibt von Problemen verschont. Aber nicht jeder wird neurotisch. So fragen wir: Gibt es Menschen, die empfänglich sind für psychische Störungen? Gibt es gewissermaßen eine Veranlagung, die für eine solche Störung disponiert zu sein scheint?

Ich persönlich glaube, daß bei einer psychischen Fehlentwicklung eine gewisse konstitutionelle Voraussetzung eine Rolle spielt.

Schon Adler hat behauptet, daß einer Neurose ein organischer Minderwertigkeitskomplex zugrundeliegt, d.h. daß jemand konstitutionell anfälliger ist und zu einer gewissen Schwäche neigt. Es kann sich dabei sowohl um eine angeborene Schwäche handeln, als auch um eine, die in früher Kindheit erworben wurde. Auf Grund dieser Schwäche werden dann bestimmte Erlebnisse negativ verarbeitet.

Vor einigen Jahren wurde eine Untersuchung an Säuglingen durchgeführt, die – etwa durch Sauerstoffmangel während der Geburt – als Risikokinder aufgewachsen sind. Zwar war der Geburtsschaden nicht so gravierend, daß von einer Anomalie gesprochen werden konnte, aber es war doch eine gewisse Labilität bei diesen Kindern zu bemerken. Und auf Grund dieser Schwäche neigten diese Kinder später dazu, Erlebnisse, die auf gesunde Kinder keinerlei Einfluß ausübten, negativ zu verarbeiten.

Obschon diese Theorie nicht ganz zuverlässig ist, gibt sie doch einen gewissen Hinweis. Das heißt nun nicht, daß neurotische Menschen einen Geburtsschaden aufweisen! Das ist durchaus nicht der Fall. Vielmehr spielt das Milieu, in dem ein Mensch aufwächst, eine entscheidende Rolle. Dabei handelt es sich primär nicht um ein gravierendes Einzelerlebnis, sondern um eine *ungünstige Dauerkonstellation.*

Ein Kind, das einem ständigen Konflikt ausgesetzt ist und in einer dauernden Spannung lebt, ist für eine Neurose vorbereitet. Wenn dann noch eine *sensible Veranlagung* hinzukommt, bleibt die Katastrophe nicht aus; je nach Persönlichkeitsstruktur erhält dann die Neurose ihren besonderen Akzent.

Andererseits muß gesagt werden: In einer Atmosphäre der Offenheit und wegweisenden Liebe kann eigentlich keine Neurose entstehen.

Eine Neurose braucht also einen bestimmten Nährboden, um ihre schädlichen »Bakterien« auszubreiten.

Und andererseits kann in einer psychisch gesunden Familie auch ein sogenanntes Risikokind gesund aufwachsen.

Wir sehen also, daß mindestens zwei Faktoren zusammentreffen müssen, um eine Neurose hervorzubringen: eine *sensible Aufnahmebereitschaft* und eine *ungünstige negative Dauerkonstellation.*

2) Die *Störfaktoren*

Welche Störfaktoren können nun die Entwicklung eines Kindes negativ beeinflussen?

Da ist erstmal die *Verwöhnung.*

Bei einer Verwöhnung erfährt ein Kind kaum eine Korrektur. Es wird ihm die größte Freiheit gewährt – die es aber im Grunde unglücklich macht. Jeder Wunsch wird ihm nach Möglichkeit sofort erfüllt. Es hat also nie Gelegenheit, Verzicht zu üben und eine Frustration durchzustehen.

Durch solch eine Verwöhnung wird ein Kind anspruchsvoll, fordernd – und schwach: Weil es nie die Möglichkeit hatte, mit Schwierigkeiten umzugehen, kann es auch seine Fähigkeiten nicht erproben.

Später erkennt es dann die Überlegenheit der Gleichaltrigen und wird unzufrieden, immer fordernder und klagt an.

Eine Lebensbewältigung wird einem nicht als Geschenk in den Schoß gelegt. Sie muß von Kind an trainiert werden.

Zunächst gilt es, mit kleinen Schwierigkeiten fertig zu werden, dann kommen größere hinzu. Darum ist es so wichtig, daß Kinder mit Situationen konfrontiert werden, an denen sie lernen können, sich zu bewähren.

Natürlich ist es für Eltern im Augenblick bequemer, dem Schreien eines Kindes nachzugeben. Damit es aufhört zu quengeln, werden ihm Bonbons zugesteckt, kauft man ihm einen Farbfernseher, ein Computerspiel nach dem andern, und – und – und. Dabei hat das Kind nie wirklich gelernt, seine eigene Phantasie im kindlichen Spiel zu entdecken. Es will nur noch unterhalten sein.

Vielleicht auch wollen sich die Eltern bei ihrem Kind einfach beliebt machen. Sie wollen bei den Freunden ihres Kindes als vorbildlich oder fortschrittlich gelten. So schweigen sie zu Dingen, die sie sonst untersagt hätten, und tun, was sie sonst nicht tun würden. Diese Eitelkeit der Eltern aber muß das Kind bitter bezahlen!

Die Folgen zeigen sich später in *Minderwertigkeitskomplexen* – wenn das Kind als Heranwachsender erfährt, daß nicht alles so klappt, wie es bis dahin gewohnt war; *im Leistungsabfall* – wenn der junge Mensch erkennt, daß ihm eine Leistung abverlangt wird; im *Lebensüberdruß* – wenn sich der junge Mensch verbittert und enttäuscht zurückzieht nach dem Motto: »Es hat doch alles keinen Sinn. Am liebsten möchte ich nicht mehr leben.«

Und in der Tat ist dieser Mensch letztlich nicht genügend für das Leben vorbereitet.

Inge fiel durch ihr bockiges Wesen auf. Wie ein kleines Kind, das sich in seinen Schmollwinkel zurückzog, ließ sie das Leben an sich vorübergehen. »Ich kann das nicht. Ich bin zu dumm.« Unzählige Male wiederholte sie dieses ihr Glaubensbekenntnis. Sie wurde immer passiver, war kaum noch dazu zu bewegen, das Bett zu verlassen. Sie war es stets gewöhnt, daß alles ihr diente und zu ihrer Verfügung stand.

Die Mutter war ängstlich um sie besorgt und bemüht, alles Unangenehme von ihr fern zu halten. Sie war der Liebling der Familie und der heimliche Stolz ihres Vaters – bis sie in den Streik trat.

Weil sie es nie gelernt hatte, sich um ihre eigenen Angelegenheiten zu kümmern, sich für eine Sache einzusetzen und schwitzend etwas zu erarbeiten, gab sie auf, bevor sie es wirklich versucht hatte.

Auf sich selbst konzentriert produzieren diese Menschen alle möglichen körperlichen Symptome, sie beobachten sich ängstlich und vermeiden alles, was ihnen ihrer Meinung nach schaden könnte. Sie sind verweichlicht und nachgiebig gegen sich selbst. Sie mauern sich ein, anstatt ihr Leben aufzubauen. Um sich selbst zu entfliehen, greifen diese jungen Menschen nicht selten zu Drogen oder Alkohol – und werden süchtig.

Ein zweiter Störfaktor, der die Entwicklung eines Kindes negativ beeinflussen kann, ist die *Demütigung*.

Die Demütigung ist das Gegenbild einer Verwöhnung. Das Kind wird Tag für Tag mit dem Urteil entmutigt: »Du schaffst das doch nicht«, oder: »Du taugst zu nichts. Du wirst einmal genauso wie dein Vater« usw.

Diese Sätze hört ein Kind so oft, bis es schließlich davon überzeugt ist, zu nichts nütze zu sein. Es kommt zu dem Schluß: »Wenn ich sowieso nicht zu gebrauchen bin, warum soll ich mich dann noch anstrengen!«

So verschließt sich das Kind in seiner eigenen kleinen Welt. Aber es ruht nicht etwa zufrieden in sich selbst, sondern kämpft unentwegt gegen seinen inneren Unwillen und Zorn.

Galt seine Aggression zunächst der Mutter – bzw. demjenigen, der es zu einem Taugenichts degradierte, so wird später diese Aggression auch auf andere Menschen übertragen: auf den Kollegen, der es versteht, sich beim Chef einzuschmeicheln; auf den Chef, der die Arbeit nicht genügend anerkennt; auf den Partner, der sich nicht genug Zeit nimmt – Schuld aber ist immer der andere. Jedenfalls ist der Betreffende davon überzeugt.

Eine dritte Gefahrenquelle liegt in der sogenannten *»doppelgleisigen Botschaft«*.

Solch einer doppelgleisigen Beziehung geht im allgemeinen – wenn auch oft unbewußt – eine Ablehnung seitens der Mutter voraus. Die Mutter hat es nie geschafft, ihr Kind mit einer selbstverständlichen, selbstlosen Liebe zu empfangen. Aus irgendeinem Grund lehnt sie innerlich ihr Kind ab. Diese Ablehnung will sie jedoch überspielen, um ihrem eigenen Schuldgefühl entgegen zu wirken. Das Verhältnis zwischen Mutter und Kind wird immer verwickelter, immer undurchsichtiger.

Die Doppelgleisigkeit besteht darin, daß die Mutter das Wort »Liebe« zwar in den Mund nimmt, durch ihr Verhalten jedoch das Gegenteil beweist.

Sie vermittelt dem Kind ein bestimmtes Gefühl, das sich nicht mit ihren Worten deckt, d.h. Wort und Gefühl stehen gegeneinander, widersprechen sich.

Das Kind verliert dadurch die Orientierung. Es spürt die Ablehnung der Mutter, kann aber nicht entfliehen, da es wie ein Gefangener in der Falle sitzt.*

* Näheres darüber in *Achtung: Fehlschaltung!* R. Brockhaus, Wuppertal, 1986.

Ein weiterer Ausgangspunkt für eine psychische Störung kann eine *zu hohe Anforderung* sein.

Da ist eine übergewissenhafte Mutter, die nichts an ihrem Kind versäumen möchte. Sie zieht alle Erziehungsbücher zu Rate, um ihr Kind vollkommen zu erziehen, damit später niemand ihr etwas nachsagen kann.

So wird das Kind ständig ermahnt und korrigiert und dem Bild der Mutter entsprechend zurechtgebogen. Es wird zu unbedingtem Gehorsam verpflichtet, wobei jedes Druckmittel – sogar der »alles sehende Gott« – herangezogen wird.

Bei einer zu hohen Anforderung steht das Kind häufig unter dem Leistungsdruck seiner unzufriedenen Erziehungsperson – zumeist der Mutter –, deren eigener Minderwertigkeitskomplex durch eine hohe Leistung ihres Kindes kompensiert werden soll. Verständlicherweise fühlt sich das Kind überfordert und leidet unter Versagensangst.

Diese hohe Anforderung kann jedoch auch vom Kind selbst ausgehen. Es will nicht im Schatten seines berühmten Vaters stehen und kämpft darum, wenn nicht ihn zu überflügeln, dann doch zumindest ihm ebenbürtig zu sein.

Geschieht es dann noch, daß ihm die Leistung des Vaters als Ansporn vor Augen gemalt wird, fühlt es sich verpflichtet, die Ehre der Familie aufrecht zu erhalten. Es versucht alles, um die Aufmerksamkeit der andern auf sich zu lenken.

Gelingt ihm das nicht auf dem positiven Weg, so besteht die Gefahr, daß das Kind im negativen Sinn Berühmtheit erlangt, nach dem Motto: Wenn ich nicht der Erste sein kann, dann der Letzte. Denn von hinten gesehen ist der Letzte wieder der Erste.*

Als nächster Ausgangspunkt für eine psychische Störung kann eine *Bindungslosigkeit* angesehen werden.

Diese Bindungslosigkeit spielt in unserer heutigen Gesellschaft eine große Rolle. Das Kind bleibt sich selbst überlassen,

* Siehe *Das verlorene Ich.* Vom Minderwertigkeitsgefühl zur Selbstfindung, R. Brockhaus Taschenbuch Bd. 368, Wuppertal 1985, S. 53.

dem laufenden Fernsehprogramm anvertraut. So wächst es ohne feste Bindung an seine Eltern auf, die es ohnehin kaum zu Gesicht bekommt. Es wird dem hohen Lebensstandard oder dem persönlichen Ehrgeiz der Eltern geopfert.

Gerade heute, in einer Zeit, in der die Mutter von dem Gedanken der eigenen Selbstverwirklichung beseelt ist und ihr eigenes Prestige verfolgt, kann ein Kind innerlich heimatlos sein.

Es wächst ohne feste Bindung auf und hat auch während der Schulzeit in einem großen, losen Klassenverband mit wechselnden Lehrpersonen, wie wir es heute in den Gesamtschulen erleben, keine Möglichkeit, eine feste Beziehung aufzubauen.

Ein Kind, das keine Möglichkeit hatte, eine enge Beziehung zur Mutter oder einem ihm nahe stehenden Menschen zu knüpfen, wird auch in seinem späteren Leben nur schwer echte Kontakte herstellen können.

Besonders verhängnisvoll wirkt sich solch eine Bindungslosigkeit in der Ehe aus. Ein Mensch, der nie gelernt hat, sich auf ein stetes Gegenüber einzustellen, ist für eine Ehe kaum tauglich. Auch wird es ihm schwer fallen, Verantwortung zu übernehmen oder einer kontinuierlichen Arbeit nachzugehen. Seine Beziehungen sind wechselhaft – wie eine Laune – und seine Ausdauer gering.

Auch eine *überängstliche Erziehung* ist Nährboden für eine psychische Erkrankung.

Eine ängstliche Erziehung erlaubt es dem Kind nicht, Eigeninitiative zu entwickeln. Der Lebensraum, in dem sich das Kind bewegen darf, ist äußerst begrenzt. Hinter allem lauert ja eine todbringende Gefahr. Also muß peinlichst darauf geachtet werden, alles zu vermeiden, was eine Gefahr darstellt.

Mit abschreckenden Beispielen wird da nicht gespart: »Der Sohn einer Bekannten ist beim Rasenmähen verunglückt« – also ist Rasenmähen gefährlich ... »Die Tochter des Lehrers ist vom Pferd gefallen« – also sind Pferde zu meiden, da man nach einem Sturz sogar gelähmt werden kann – »Der Nachbarssohn wurde vom Hund gebissen« – Hunde aber können Tollwut übertragen, so kann ein Hundebiß tödlich werden – usw.

Es ist selbstverständlich, daß wir unsere Kinder auf Gefahren aufmerksam machen müssen. Aber wenn wir sie vor einer Sache warnen, sollen wir ihnen zugleich helfen, einen positiven Zugang zu bekommen, d.h. wir müssen ihnen erklären, worauf beim Rasenmähen zu achten ist und wie man mit Tieren umgehen kann.

Anstatt das Kind gegen alle Gefahren abzuschirmen, müssen wir es ihm ermöglichen, eigene Erfahrungen zu sammeln, d.h. wir sollten seinen Weg begleiten, ohne es einzuschüchtern und durch unsere eigene Angst einzuengen.

Bewegt sich ein Leben zwischen Einschränkung und Verbot, so bleibt kein Raum mehr fürs Abenteuer, und die Verunsicherung lähmt den jungen Menschen, so daß er psychisch auffällig wird.

Diese sechs markanten Gefahrenquellen können zu einer psychischen Fehlentwicklung oder einer psychischen Erkrankung führen. Ein Mensch, der in solch einer gefährdeten Beziehung aufgewachsen ist, gerät in einem Alter, in dem Verantwortung von ihm erwartet wird, in eine sogenannte *Identitätskrise.* Er ist unfähig, sich selbst und seine Umwelt richtig einzuschätzen.

Durch eine jahrelange Einübung ist der Heranwachsende derart verunsichert, daß er nicht in der Lage ist, seine Rolle zu übernehmen. Er wird als Sohn oder Tochter in der Familie versagen, als Schüler in der Schule, später als Kollege oder Vorgesetzter im Beruf. Diese Verunsicherung kann so tiefgreifend sein, daß der Betreffende auch nicht seine Rolle als Ehemann oder Vater, als Ehefrau oder Mutter wahrnehmen kann.

Wie bei einem Totstellreflex möchte er die Augen vor der Realität verschließen. Er möchte einfach nicht mehr in einer Welt sein, in der alles eine Bedrohung darstellt. Er wehrt sich dagegen, ein Leben zu leben, das eingeschlossen ist zwischen Geburt und Sterben. Und er ist nicht in der Lage, die Herausforderung anzunehmen, die dieses Leben an ihn stellt, um anzufangen, dieses sein Leben zu gestalten.

Der psychisch kranke Mensch ist innerlich zerrissen. Da ist auf der einen Seite der innere Drang und sein Sehnen nach Freiheit – er möchte diese seine Mauer durchbrechen, die ihn einengt, er reibt sich an dieser Mauer wund, aber er kann sie weder einreißen noch überspringen. Ja, letztlich hat er auch Angst, ohne diese Mauer zu sein, denn sie bedeutet zugleich ein Schutz. So ist er ambivalent und leidet noch mehr.

Da sein Ich so schwach ist und so leicht verletzbar, braucht er einen Schutz. Und so wird die Krankheit, die ihm einerseits Fessel bedeutet, andererseits zum Schutz. Denn wer krank ist, wird geschont. Und schon bald erkennt er, daß dieser Weg einfacher ist, als sich mit Schwierigkeiten auseinanderzusetzen.

3) Die *ekklesiogene Neurose* oder: Gott als Erziehungsmittel

Ich erlebe es häufig, wie fromme Eltern in ihrer Ratlosigkeit Gott als Strafmittel hinzuziehen und ihm die Rolle des großen Schwarzen Mannes zuschieben. Im Augenblick mögen sie damit einen gewissen Erfolg erzielen, denn das eingeschüchterte Kind wird sich solch einer drohenden Übermacht beugen und tun, was die Eltern verlangen.

Aber später, erwachsen geworden, haben es diese Menschen sehr schwer, zu Gott eine positive Beziehung zu knüpfen. Er wurde ihnen ja als das drohende, strafende Über-Ich präsentiert. Wie können sie jetzt hinter dieser angstauslösenden Macht den Vater Jesu Christi sehen – und ihn gar noch lieben!

Sie leben ja in heidnischer Furcht vor einem unsichtbaren, überstarken Sklavenaufseher, der nur auf einen Fehltritt wartet, um seine Peitsche auf den verängstigten Sklaven niedersausen zu lassen.*

Und haben sie etwas, an dem sie sich freuen, meinen sie, es vor Gott verstecken zu müssen, wie ein Kind, das ein klebriges Bonbon in der kleinen Faust versteckt, in der Hoffnung, Vater oder Mutter würden es nicht entdecken. So versuchen sie mit kleinen

* Siehe *Umgang mit der Angst*, R. Brockhaus Taschenbuch Bd. 388, Wuppertal 1986, S. 80.

Tricks, die bescheidenen Freuden vor den Augen Gottes zu verstecken, damit Er sie nicht wegnimmt.

Ist das der Vater Jesu Christi, wie ihn uns Jesus vor Augen gemalt hat? Ein Tyrann, der nur darüber nachsinnt, wie er seinen Kindern eins auswischen kann?

Gott ist kein Räuber, der uns bestehlen will. Wir aber machen uns zu Sklaven von Gesetzen, die wir uns selbst auferlegt haben, weil wir Gott nicht kennen.

Es ist keine Sünde, sich zu freuen. Es ist keine Sünde, die Gaben Gottes zu genießen. Es ist auch keine Sünde, die eigenen Fähigkeiten zu entfalten.

Wir müssen zunächst einmal wissen, was wir wollen und was wir nicht wollen. Ein Mensch muß sich zunächst einmal orientieren, sich vortasten, um seinen persönlichen Lebensstil zu finden.

Man kann einen jungen Baum nicht beschneiden, bevor seine Wurzeln tief genug sind und bevor er Zweige hervorgebracht hat. Man würde ihn ja zerstören!

Aber wieviele Christen erziehen so ihre Kinder.

Wo Frömmigkeit zum Zwang wird, produziert sie verkrampfte, geltungssüchtige Schein-Heilige, die darauf bedacht sind, ihr eigenes Ich zur Schau zu stellen. Auch ein falsch verstandenes Märtyrertum kann letztlich dazu dienen, das eigene Selbst aufzuwerten.

Ein Ich, das sterben soll, bevor es zu einem Ich geworden ist, muß verkrüppeln.

Wie oft kommen Menschen in meine Praxis: eingeschüchtert, seelisch und geistlich verkrüppelt. Sie leben wie in einem enggeschnürten Korsett, das ihre Seele verkümmern ließ und sie in ihrer geistlichen Entfaltung hemmte.

Früher war es in China Sitte, den Mädchen die Füße zu binden, um sie daran zu hindern, daß sie ihren Männern davonliefen. Dieses Trippeln fand man sogar schick. Aber daß diese Frauen verkrüppelte Füße hatten, störte niemanden. Wenn ich viele Christen sehe, kann ich den Eindruck der verkrüppelten Füße nicht loswerden.

Kann es sein, daß unser Glaube Menschen krank macht, während doch das Evangelium den Anspruch erhebt, den Gefangenen die Freiheit zu bringen und die Verwundeten zu heilen?

Wenn Jesus von der Nachfolge spricht, so meint er damit nicht die Verneinung aller Grundbedürfnisse.

Selbstverleugnung hat nichts mit Masochismus zu tun. Es ist die Entscheidung eines reifen Menschen, der seine Wurzel tief in Gott eingegraben hat und innerlich dadurch frei geworden ist. Er hat es nicht mehr nötig, nach Anerkennung der andern zu schielen, denn die Quelle seiner Freude liegt in Gott.

Selbstverleugnung hat mit der Nachfolge zu tun.

Ein Prozeß geistlichen Wachstums kann niemals als Erziehungsprinzip eingesetzt werden.

Solch eine religiöse Erziehung geht von einem falschen Gottesbild aus und führt zu einem falschen Selbstbild.

Stellen Sie sich ein kleines Kind vor, das eine Schachtel Streichhölzer vor sich hat. Diese kleine bunte Schachtel scheint das Begehrenswerteste auf der ganzen Welt zu sein. Alle seine Sinne sind auf diese kleine Schachtel konzentriert.

Natürlich will das Kind seinen Schatz nicht einfach hergeben. Warum auch sollte es etwas hergeben, das Lust vermittelt und Zufriedenheit bewirkt?

Nun können Sie ihm die Schachtel einfach wegnehmen, oder Sie können dem Kind versuchen klar zu machen, warum es diese Schachtel Ihnen geben soll. Aber ob Sie das Kind wirklich überzeugen?

Vielleicht bleibt eine Bitterkeit in dem Kind zurück: Mein Vater, meine Mutter berauben mich. Sie gönnen mir meine Freude nicht. Also haben sie mich nicht lieb.

Aber es gibt auch eine andere Möglichkeit: Sie zeigen dem Kind ein neues Spielzeug. Sie beschäftigen sich damit, bis das Interesse des Kindes geweckt ist. Und siehe da, die Streichholzschachtel ist nicht mehr interessant. Es gibt ja noch etwas anderes, das sogar noch begehrenswerter ist. Plötzlich fällt die Streichholzschachtel zu Boden. Das Kind wird ganz fasziniert nach dem neuen Spielzeug greifen.

Diesen Vorgang können wir nun übertragen. Solange wir einem Menschen nichts Besseres zeigen, können wir nicht von ihm verlangen, aufzugeben, was für ihn Lebensinhalt ist.

Aber wenn ein Mensch Jesus Christus kennenlernt, wird das Beschäftigen mit sich selbst so fade, so uninteressant, so unbegreiflich mühsam – sollte das je Lebensinhalt gewesen sein? Die Faszination von Jesus Christus ist unweit stärker.

Da gibt ein Mensch mit Freuden auf, was ihm bis dahin Lebensinhalt bedeutete.

Gott will uns umwandeln in das Bild seines Sohnes. Aber das ist nicht Produkt eigener Mühe, auch nicht unserer Erziehung; sondern diese Frucht wirkt Sein Heiliger Geist!

d) Wege zur Hilfe

1) Formen der *Psychotherapie*

Seit Siegmund Freud (1856–1939) hat sich innerhalb der Medizin ein selbständiger Zweig entwickelt, die sogenannte analytische Psychiatrie. Schon damals erkannte man, daß eine Konfliktsituation den innersten Kern der Persönlichkeit infizieren und auch im körperlichen Bereich als Krankheit zum Ausdruck kommen kann.

Spricht die Bibel von einer Drei-Teilung des Menschenbildes, von Seele, Geist und Leib, so prägte Freud die Begriffe von Es, Ich und Über-Ich; wobei er Es als den Trieb, die Libido, verstanden wissen wollte, vor allem als Sexualtrieb; das Ich als Sitz der Persönlichkeit, das von dem Über-Ich kontrolliert wird. Dieses Über-Ich ist als moralisch-richtende Instanz in etwa dem Gewissen vergleichbar.

Freud sah in seinen Klienten ein Prinzip, das er bald als allgemeingültig hinstellte und seinen späteren Erkenntnissen zugrunde legte: daß nämlich eine Neurose Symptom einer Verdrängung ist, in erster Linie Verdrängung sexueller Bedürfnisse.

Hatte er zunächst Hypnose erlernt, so verließ er bald wieder diese Methode, um auf die Bedeutung der Katharsis (= Reinigung oder Läuterung) hinzuweisen, dem bewußten Erkennen eines Zusammenhangs. In freier Assoziation, ohne Eingreifen und durch Deuten des Therapeuten, sollten die Patienten zu einer neuen Einsicht gelangen. Verbunden mit der Traumdeutung entwickelte sich so allmählich die erste psychotherapeutische Schule.

Später fand man heraus, daß eine Katharsis nicht unbedingt zu einer Heilung der Beschwerden führt. Sie kann durchaus hilfreich sein, wenn dadurch ein Prozeß der Nachreifung einsetzt. Aber solch eine Katharsis erfordert eine stabile Ich-Stärke, sonst kommt es zu leicht zu einer Abhängigkeit vom Therapeuten.

Um Freud herum versammelte sich bald eine Gruppe Gleichgesinnter, die dann ihrerseits die Freudschen Gedanken weiter ausbauten, neue Schwerpunkte setzten und eigene Ideen einbrachten. Sie haben sich dabei bewußt von der christlichen Ethik getrennt und ein humanistisches Menschenbild zur Grundlage gemacht.

Die bekanntesten Schüler Freuds waren der Schweizer Carl Gustav Jung und der Wiener Alfred Adler.

C. G. Jung (1875–1961) begründete die Analytische Psychologie. Um das Unbewußte besser zu verstehen, studierte er neben Medizin, Philosophie und Theologie Parapsychologie, Telekinese und stieß in den okkulten Bereich vor.

A. Adler (1870–1937), der seine Lehre im Unterschied zu Freud »Individualpsychologie« nannte, trat besonders durch seinen Begriff des Minderwertigkeitskomplexes hervor.

Er hörte 1899 zum ersten Mal eine Vorlesung Freuds, distanzierte sich aber von der Psychoanalyse. Seine Therapie erhielt einen ganz anderen Schwerpunkt.

Während Freud den Triebanspruch in den Vordergrund rückte – zunächst den Sexualtrieb, dem er später den Todestrieb zur Seite stellte –, sah Adler im *Geltungsstreben* des Menschen die eigentliche Ursache einer Neurosenentwicklung.

Neurose war also für Adler eine nicht gelungene Anpassung.

Seitdem entwickelte sich eine Schule nach der andern. Freuds Tochter Anna schrieb eine Arbeit über Abwehrmechanismen, die seinerzeit großes Aufsehen erregte. Sie verstand Abwehrmechanismen als Kompromißlösung: An unserem eigenen Verhalten können wir beobachten, daß jeder auf Enttäuschungen nach einem bestimmten Muster reagiert. Er verschiebt oder projeziert, er rationalisiert oder sucht, durch Krankheit Vorteil zu gewinnen.

Jeder hat im Laufe der Jahre seine eigene Technik entwickelt, um mit unangenehmen Situationen fertig zu werden.

Aus jedem Gedankenansatz entstand bald wieder eine neue Schule, die die Theorie der anderen verwarf. Seitdem war es ein Kommen und Gehen von Strömungen. Therapiemodelle von A-Z.

Allmählich rückte der Schwerpunkt vom Individuum auf die Familie als Kollektiv, dessen »Symptomträger« der Patient ist.

Das Verdienst von *Erich Fromm* (1900–1980) oder auch *Victor E. Frankls* (geb. 1905) war es, den Menschen auf ein Ziel zu lenken, das nicht primär in der Symptombeseitigung liegt.

So fragte *Frankl* in seiner Logo-Therapie nach dem Sinn. Er selbst, der als Jude das Konzentrationslager überlebte, sah in der Sinnfrage den eigentlichen Kern.

Erich Fromm (1900–1980) war Marxist. Er war zwar kein Psychiater, vielmehr Philosoph, doch wies er durch seine Gedanken von Haben und Sein auf einen wunden Punkt hin und betonte zurecht, daß das Auskosten des Egoismus keine Lösung ist. Aber was ist Gesundheit, wie Fromm sie versteht? Ist wirklich alles gut, alles erlaubt? Wer setzt die Maßstäbe? Und was sind die Voraussetzungen für den neuen Menschen, der im Sein lebt und nicht im Haben? Ist der Weg nicht illusorisch? Denn aus sich heraus hat der Mensch nicht die Fähigkeit zu sein, was er sein soll.

All diese philosophischen Gedanken sind letztlich vom Menschen her entwickelt worden.

Zweifellos spielt der menschliche Trieb – sei es der Arterhaltungs- oder der Selbsterhaltungstrieb – in der Entwicklung eines Menschen eine wichtige Rolle. Der Trieb ist gleichsam der Motor, der den Menschen in Gang setzt und Fähigkeiten in ihm mobilisiert.

Entscheidend ist nun, daß dieser Trieb in die Persönlichkeit integriert wird, d.h. daß er weder wild und hemmungslos sich ausleben kann, noch unterdrückt wird.

Natürlich hat Abraham Harold *Maslow* (1909–1970) recht, daß im Menschen *Grundbedürfnisse* vorhanden sind. Da sind die physiologischen Bedürfnisse wie Hunger, Durst und Sexualität, das Sicherheitsbedürfnis, das Geborgenheit sucht, Zugehörigkeit und schließlich Achtung und Geltung.

Aber diese Bedürfnisse werden immer im Menschen sein. Sie sind eine Triebkraft in ihm. Doch diese Kraft darf ihn nicht beherrschen und ihn zum Sklaven degradieren.

Selbstverwirklichung ist nicht das Ziel. Und es ist eine Illusion, daß der Mensch dadurch besser würde, freundlicher, liebevoller, entspannter. Das ist ein Wunschdenken, das aber auf dem Weg der Selbstentfaltung niemals erreicht werden kann.

Auch die Kerngebote Frederick Salomon (Fritz) *Perls* (1893–1970) in seiner *Gestalttherapie* haben im bestimmten Zusammenhang ihre Berechtigung: »Lebe jetzt und hier, erfahre die Realität, vermeide nichts – übernimm die volle Verantwortung für deine Handlungen, Gefühle und Gedanken – akzeptiere dich –.« Aber hier müssen wir fragen: Aus welcher Quelle schöpft er und zu welchem Menschenbild will er führen?

Es mag sein, daß ein überstrenger Vater seine Tochter so eingeschüchtert hat, daß sie sich mit der Härte ihres Vaters identifiziert.

Es mag sein, daß die moralisierende Mutter in dem Mädchen eine Angst vor allem Sexuellen verursacht hat oder die übertriebene Reinlichkeitserziehung in dem Heranwachsenden zwanghafte Züge erkennen läßt.

Es kann auch sein, daß durch die bestimmende, maskuline Verhaltensweise der Mutter sich der Sohn vom weiblichen Geschlecht abwendet, um bei einem Mann Wärme zu finden.

Oder der verbissene Ehrgeiz des Vaters ein Kind zum Masochismus verleitet und eine überstrenge Mutter eine unterwürfige Tochter erzieht. Das alles kann sein.

Die Erziehung ist zweifellos eine Wegscheide, die eine Richtung bestimmt.

Aber das bedeutet nicht, daß wir später nicht noch einmal an eine Kreuzung kommen, an der wir dann einen Weg neu wählen können, einen Weg, der uns auf den ursprünglichen wieder zurückbringt.

Es hat keinen Sinn, den ganzen langen Weg bis zur Geburt wieder zurückzuschreiten. Wir können nicht in den Mutterschoß zurückkehren, um das Leben noch einmal unter neuen, wie wir meinen, besseren Voraussetzungen zu leben.

Auch ist es ein Unterschied, ob eine Mutter ihr Neugeborenes in den Arm nimmt und streichelt und herzt oder später den Erwachsenen ein unbekanntes Gruppenmitglied. Dieses Ur-Bedürfnis kann nicht später durch eine Ersatzperson nachgeholt werden. Körperkontakte außerhalb der Ehe führen in ein noch größeres Dilemma.

Ich kann mich auch nicht in einen Baum hineindenken oder meine Psyche mit dem All verschmelzen. Meine Bestimmung ist eine ganz andere als die Bestimmung des Windes.

Natürlich ist es eine große Hilfe, wenn uns unsere Vergangenheit bewußt wird und wir die Verhaltensweisen, die uns zu schaffen machen, besser einordnen können.

Aber es geht ja nicht nur um die Symptombeseitigung oder die Ich-Stärke, es geht ja um ein Heilwerden des ganzen Menschen. Wenn ich in mich hineinblicke, werde ich nie heil. Und wenn ich alle psychologischen Tricks beherrsche, macht mich das noch nicht zu einem reifen Menschen.

Dazu gehört mehr.

Dazu gehört, daß ich von mir selbst befreit werde.

Wenn ich jedoch davon ausgehe »Ich bin o.k. – du bist o.k.« – welche Veränderung kann ich dann noch erwarten?

Auch das Mantra eines weisen Gurus oder die fernöstliche Meditationstechnik macht mich nicht frei, sondern führt erst recht in die Versklavung. Ob Yoga oder esoterische Erfahrungen, ja, ganz gleich, welche jeweilige Moderichtung dem Menschen Glück und Befreiung verheißt – nur Jesus kann von sich sagen: »Ich bin der Weg« (Joh. 14,6) und nur »wen der Sohn frei macht, der ist wirklich frei« (Joh. 8,36).

2) Der *Umlernprozeß*

Bei einer Neurose haben wir es mit einer falschen Konfliktverarbeitung zu tun. Um aber zu einer angemessenen Konfliktverarbeitung zu kommen, sind einige Punkte erforderlich:

Zusammenhänge aufdecken

Diese Zusammenhänge sind fast immer unbewußt, obschon man sie doch irgendwie ahnt. Ich habe kaum erlebt, daß die Zusammenhänge vollkommen unbewußt waren. Ein Problem braucht daher häufig nur angetippt zu werden, und schon ist es, als würde ein Vorhang beiseite geschoben.

Das Aufdecken ist wichtig, damit der andere lernt, sich von seiner eigenen Vergangenheit zu distanzieren und sein eigenes Verhalten kritischer zu beobachten.

Umdenken

Das setzt voraus, daß ich einen neuen Standort beziehe. Der Schwerpunkt meines Denkens muß verlagert werden.

Das Denken eines neurotischen Menschen kreist zumeist um sich selbst und seine Schwierigkeiten. Alles, was geschieht, ist nur von Interesse für ihn, soweit es auf ihn selbst bezogen ist. An seiner Umwelt zeigt er nur geringe Anteilnahme.

Dieser Egozirkel muß gesprengt werden. Der neurotische Mensch muß in die Weite vorstoßen. Das Interesse an seiner Umwelt muß geweckt werden.

Sodann muß er lernen, sich realistisch einzuschätzen. Vielleicht heißt das, Illusionen zu zerschlagen. Die eigenen Fähigkeiten müssen realistisch eingeschätzt werden.

Vergebung empfangen und Vergebung austeilen

Ich erlebe es beinahe täglich, daß der neurotisch Gestörte in einem heimlichen Kriegszustand lebt. Er hat einen Feind, mit dem er kämpft. Sein auffälliges Verhalten ist wie ein versteckter Angriff. Und oft ist dieses Ressentiment das größte Hindernis in der Behandlung.

Dabei kann es durchaus geschehen, daß die beschuldigten Personen bereits zwanzig Jahre tot sind – oder gar noch länger. Aber der Groll stirbt nicht. Er lebt noch lange fort und wird auf andere übertragen.

Dieser Kriegszustand muß beendet werden. Und dieses Problem kann nur durch eine bewußte Vergebung gelöst werden.

Vergebung aber ist kein Gefühl, sondern eine Willensentscheidung. Durch die Vergebung wird der psychisch Gestörte zum Handelnden, er, der ein Leben lang behandelt wurde.

Durch eine bewußte Vergebung distanziere ich mich von meinem Problem und beziehe eine neue Position.

Neue Beziehungen knüpfen

Eine neue Beziehung zu Gott, in der Vertrauen das tragende Fundament ist –

eine neue Beziehung zum andern, die auf einem gegenseitigen Sich-Annehmen basiert –

eine neue Beziehung zu sich selbst, die den heimlichen Kriegszustand beendet.

Dies alles bedeutet aktive eigene Mitarbeit in der Therapie.

Bewußte Entscheidungen treffen

In der Sprechstunde weise ich gerne darauf hin, wie wichtig es ist, im Leben bewußte Entscheidungen zu treffen. Bis dahin waren es unbewußte Entscheidungen, die einen Menschen zu dem gemacht haben, was er heute ist. Er konnte sich ja nie frei entscheiden, das oder jenes zu tun und umgekehrt, das und jenes nicht zu tun, aus Angst, aufs neue verletzt zu werden.

Aber jetzt muß er es lernen, ganz bewußt, sich für das eine oder das andere zu entscheiden.

Doch zunächst muß er sich dafür entscheiden, in dieser Welt zu sein. Dieser Ausdruck wurde von *Martin Heidegger* geprägt, und ich wüßte keinen treffenderen.

Ich entscheide mich dafür, daß ich in dieser Welt lebe, und ich sage ja dazu.

Ich sage ja zu dem Frühling, zu Sommer, Herbst und Winter. Ich sage auch ja zu meinem eigenen Werden und Reifen. Ich wehre mich nicht dagegen, erwachsen zu werden. Ich bejahe diesen Prozeß.

Ich bejahe auch den Prozeß des Altwerdens und Sterbens, der ja letztlich zu dem eigentlichen Leben führt.

Verantwortung übernehmen

Der neurotische Mensch zieht sich gerne zurück und flieht in die Passivität. Er ist oft so gehemmt, daß er sich nichts zutraut. Weil seine Gedanken so intensiv mit sich selbst beschäftigt sind, hat er kaum Kraft für die täglichen Anforderungen des Berufes. Er vermeidet nach Möglichkeit alles, was ihn fordert. So gibt er schnell auf.

Hat er eine Verbindung zu einer Gruppe, bleibt er am Rande.

Um ihn aus seiner Ohne-mich-Haltung herauszulocken, ist es gut, ihm Verantwortung zu übertragen, auch wenn er sich zunächst dagegen wehrt. Diese Verantwortung aber darf nicht zu viel von ihm fordern, damit er nicht unter einen Leistungsdruck gerät und aufs neue in die Krankheit flieht.

Es muß eine geistige Umschulung stattfinden

Das neue Leben muß eingeübt werden.

Viele Einkerbungen waren vorausgegangen, sie haben sich zu tiefen Furchen im Leben des Menschen ausgeweitet. Jetzt kann er nicht mehr anders, als sich in der ausgegrabenen Linie weiter zu bewegen.

Daher muß nun das Leben ganz neu kanalisiert werden, d.h. ein neuer »Lauf-Graben« muß entstehen. Das geht nicht ohne Mühe und Schweiß. Dabei geschieht es oft, daß einer wieder in das alte Verhaltensmuster zurückfällt, denn der Kanal war noch nicht tief genug, die andere Spur war tiefer.

Zum Wesen der Schöpfung gehört das Wachsen. Auch eine

neue Kreatur muß wachsen, wenn sich ihr Leben organisch in diese Schöpfung eingliedern soll. Und Wachstum braucht Zeit. Wir können uns nicht im Zeitraffertempo ein neues Verhalten überstülpen lassen, dann hätte es keinen Bestand.

Anstatt irgendeine Superleistung zu erwarten, sollten wir zu kleinen Schritten ermutigen.

Da heißt es ganz praktisch, sich darin zu üben, die eigene Meinung zu äußern, ohne sich hinter dem andern zu verstecken. Das erfordert Mut, bis es selbstverständlich geworden ist.

Ich erinnere mich an einen äußerst fähigen jungen Mann, der als Mitarbeiter von seinem Chef sehr geschätzt wurde. Und weil er ein so zuverlässiger Partner war, wurden ihm immer neue Aufgaben zugeteilt. Er arbeitete 8 Stunden am Tag, dann 9, schließlich 10 und 11 Stunden. Als er seine große Arbeitslast mit seinen Kollegen, die ihm unterstellt waren, teilen wollte, stieß er auf Ablehnung.

Damals kam er wegen Erschöpfungssymptomen in meine Praxis. Er war so entmutigt, daß er seine Arbeit aufgeben wollte.

Um keinen zu verletzen oder zu enttäuschen, bürdete er sich selbst eine Last nach der andern auf - und merkte gar nicht, wie er dadurch seine eigene Familie verletzte, die ja immer wieder zurückstehen mußte.

Wie er sich auch entscheiden würde, einen mußte er verletzen.

Er befand sich in einer Zwickmühle. Was sollte er tun? Es erschien ihm unmöglich, vor anderen seine Meinung zu vertreten. Das aber hatte zur Folge, daß jedesmal über seinen Kopf hinweg entschieden wurde.

Allmählich staute sich in ihm ein Groll an gegen seine Vorgesetzten, die ihm so viel zumuteten, und gegen seine Mitarbeiter, die ihn im Stich ließen, und gegen seine Familie, die auf ihn wartete.

Aber zugleich erkannte er, daß es seine eigene Schuld war, weil er sich nicht klar äußerte.

Damals stand unmittelbar eine Schilddrüsenoperation bevor. Er wußte um die Gefahr solch einer Operation und betete: »Herr, wenn Du mir meine Stimme erhältst, dann will ich diese Stimme dafür einsetzen, die Wahrheit zu sagen.« Als er aus der Narkose erwachte, prüfte er als erstes seine Stimme und stellte erleichtert fest, daß er noch sprechen konnte.

Kurz nachdem er aus dem Krankenhaus entlassen wurde, fand eine Sitzung statt. Sitzungen aber waren ihm seit je verhaßt. Es wurde über dieses und jenes geredet. Und dann kam es zur Abstimmung. Der junge Mann war durchaus nicht mit dem Ergebnis einverstanden und wollte – wie immer – resigniert schweigen.

Plötzlich erinnerte er sich an sein Versprechen, das er Gott gegeben hatte. Er nahm allen Mut zusammen und meldete sich zu Wort und sagte:

»Meine Herren, aus dem und dem Grunde bin ich mit dieser Lösung nicht einverstanden. Ich würde stattdessen das Problem so anfassen . . .«

Etwas verblüfft blickte der Chef auf und überlegte eine Weile. Dann sagte er:

»Ach so, Sie meinen . . .« Und dann: »Gut, wir können es auch so machen.«

Die Konsequenz einer getroffenen eigenen Entscheidung wird vielleicht nicht immer so positiv aufgenommen werden – aber entscheidend ist, daß wir es lernen, ein neues Verhalten einzuüben, kleine Gelegenheiten wahrzunehmen, um dieses neue Verhaltensmuster zu erlernen.

Solch eine Übung fängt schon am frühen Morgen an, wenn wir lieber noch fünf Minuten länger im Bett bleiben möchten. Es kostet eine Überwindung. Aber kleine Siege geben uns Mut.

Auch eine neue Blickrichtung muß eingeübt werden. Anstatt vom frühen Morgen bis in die Nacht hinein auf unsere eigenen Schwierigkeiten zu starren – die wir dadurch doch nicht lösen können! – und im Selbstmitleid zu verharren, sollen wir uns bewußt machen, daß unser Leben von den Händen eines liebenden Vaters umschlossen ist, dessen Möglichkeiten keine Grenzen gesetzt sind.

Je mehr wir uns damit befassen, um so mehr wächst unser Vertrauen.

Und wenn wir dann noch üben, auch für Schwierigkeiten zu danken, denn sie eröffnen uns ja in der Tat neue Möglichkeiten, dann können wir mit Paulus sagen: »Wir rühmen uns auch der Trübsal. Denn Trübsal ermöglicht uns die Bewährung, und Bewährung schafft Hoffnung« (Römer 5,3f.).

III. Seelsorge

1. Glaube und Medizin

Hin und wieder kommen Menschen zu mir in die Praxis, die sagen: »Ich habe über mir beten lassen, und man hat mir gesagt, ich solle glauben. Da habe ich alle Medikamente weggeworfen – aber es ist nicht besser geworden. Was soll ich jetzt tun?«

Andere kommen zu mir, und wenn sie anfangen, ihre Krankheitssymptome zu beschreiben, geschieht das nur zögernd. Sie haben ein schlechtes Gewissen. »Eigentlich müßte ich glauben«, kommt es dann heraus, »aber offensichtlich war mein Glaube nicht groß genug.« Sie betrachten ihre Krankheit als Strafe für ihren Unglauben.

> Ich erinnere mich an eine junge Frau, die mir schon in der Tür zurief: »Herr Doktor, ich bin geheilt!«
>
> Aber als ich sie so sah, wurde ich sehr mißtrauisch. Ihr Bekenntnis sollte die Vorwegnahme eines Geschehens sein, das sie erhoffte. Noch waren die Symptome der Krankheit vorhanden.
>
> Aber sie wurde gelehrt, ihre Heilung zu proklamieren, bis der Erfolg sich einstellen würde. Und diesen Rat befolgte sie wie einen Trick, mit dem sie Gott zwingen wollte.

Wenn Gott heilt, erkennt das der Betreffende. Dann muß er es sich nicht einsuggerieren.

Natürlich hat eine positive Grundeinstellung eine positive Auswirkung, wie auch umgekehrt: Wer stets seine Beschwerden wie ein Glaubensbekenntnis wiederholt, der wird seine Krankheit fixieren.

Wenn ich dagegen in einer positiven Erwartung lebe, entspannt sich der ganze Organismus.

Aber das ist hier nicht gemeint.

Gott sagt im Alten Testament zu seinem Volk: »Ich bin der Herr, dein Arzt« (2. Mose 15,26). Das gilt auch heute. Und Seine

Macht ist heute noch genauso wirksam wie damals. Er als unser Schöpfer weiß, wo der Schaden liegt.

Ich habe selbst erlebt, daß Gott auf wunderbare Weise in das Leben eines Menschen eingegriffen und gegen alle Voraussagen der Ärzte eine bleibende Heilung bewirkt hat. Gott ist als der Schöpfer der Allmächtige, dem keine Grenzen gesetzt sind.

Aber Seine Weisheit ist nicht unsere Weisheit. Wir können nicht über Gott verfügen und Ihn dort einsetzen, wo wir Ihn gern hätten.

Machen wir Gott nicht manchmal zu unserem Bediensteten, der allezeit zu unserer Verfügung zu stehen hat? Wir aber weigern uns, Ihm zur Verfügung zu stehen.

Natürlich hat Gott Sein Volk während der langen Wüstenwanderung versorgt. Aber diese Versorgung galt für eine besondere Situation mit einer bestimmten Absicht.

Normalerweise wird es heißen: »Steh auf, zieh dich an, arbeite und verdiene so viel, daß du dein Brot beim Bäcker kaufen kannst.«

Wenn Gott dem Menschen diese Erde anvertraut, so heißt das: Seid fleißig, forscht, damit ihr Zusammenhänge erkennt und – richtet euch danach!

Ähnlich verhält es sich im Blick auf die Krankheit.

Im allgemeinen wissen wir sehr wohl, was wir zu tun haben, wenn wir uns beispielsweise den Magen verdorben haben. Wir wissen: Jetzt sollten wir zunächst einmal fasten, vielleicht ein wenig schwarzen Tee trinken, hinzu nehmen wir dann Medikamente, die sich bei diesem Übel bewährt haben.

Oder wenn sich jemand das Bein gebrochen hat: Das Bein wird geröntgt und eingegipst, damit der Heilungsprozeß ungehindert voranschreiten kann.

Wenn ich jetzt in der Wüste wäre, ohne jede menschliche Hilfe, wäre das eine andere Situation. Natürlich würde ich beten. Aber ich würde nicht passiv abwarten, daß Gott tut, was ich selbst tun sollte.

Dasselbe gilt für die Krankheiten der Seele.

Wenn die Krankheit auf eine falsche Eßgewohnheit zurückzuführen ist, muß ich anfangen, mich richtig zu ernähren und meinem Körper die Substanzen zuführen, die er braucht.

Wenn eine konfliktreiche Beziehung die Krankheit ausgelöst hat, wäre es sinnlos, den Ärger mit Medikamenten zu bekämpfen; jetzt muß ich hinhören, was Gott in Seinem Wort zu dieser Angelegenheit zu sagen hat. Ich werde Ihn bitten, mir zu einem rechten Verständnis zu helfen, und dann tun, was ich tun kann: Und dann werde ich Ihn bitten, daß Er die Konsequenzen meines Tuns in Seine Hand nimmt und die ganze verwickelte Beziehung erneuert oder löst.

Grundsätzlich gilt: Anfechtungen können nicht durch Medikamente besiegt werden. Ein geistlicher Kampf muß auf einer geistlichen Ebene ausgefochten werden.

Konflikte können nicht mit Medikamenten gelöst werden. Doch sollen wir uns auch nicht scheuen, die Gaben zu gebrauchen, die Gott uns bereit gestellt hat.

So ist beides richtig: Gebet *und* medizinische Hilfe. Jedes zu seiner Zeit. Beides ist von Gott gegeben. Darum können wir weder das eine noch das andere gering achten.

2. Die Person des Helfers

In zunehmendem Maße sind heute Menschen gefragt, die bereit sind, dem andern aus seiner Verstrickung herauszuhelfen, die neben ihm aushalten in seinen Schwierigkeiten und mit ihm Probleme überwinden.

Aber das ist kein Hobby, an dem ich meine Fähigkeiten erproben kann. Das ist auch kein Mittel, um mein Geltungsbedürfnis zufrieden zu stellen.

Ich erinnere mich an eine sehr selbstbewußte Frau, die mit beredten Worten schilderte, was sie an Zeit und Geld und Kraft in ihren Mann investiert hatte. Etwas herablassend meinte sie dann: »Er war mein Seelsorgefall.«

Er war für sie das Objekt, das sie brauchte, um sich selbst aufzuwerten. Sie brauchte seine Schwachheit, um sich an ihrer Stärke zu erfreuen.

Unser Vorbild in der Seelsorge ist Jesus Christus. Mit welch einer Liebe, welch einem Erbarmen, aber auch mit welch einer Klarheit und Offenheit ist er dem einzelnen begegnet. Und jede Begegnung war geprägt durch die Verbindung zu seinem Vater.

Da nun für jeden Seelsorger das Wort Jesu gilt: »Ohne mich könnt ihr nichts tun« (Joh. 15,5), ist Seelsorge nur in der Verbindung mit Jesus Christus möglich. Aber Jesus will nicht unser eigenes Prestige unterstützen, sondern die Ehre Gottes ausbreiten.

Ein »Seelsorger«, der seinen Rat an andere austeilt, ohne selbst in einer Lebensgemeinschaft mit Gott zu stehen, kann kein Seelsorger sein.

Wenn ich weiß, wie ein Auto funktioniert, und ich ein entsprechendes Training habe, kann ich ein guter Automechaniker werden.

Aber diese Fähigkeit kann ich nicht auf den Menschen übertragen.

Ich kann den Blutkreislauf eines Menschen studieren und die Herzfrequenz messen; ja, ich kann die Hirnströme ableiten und sehen, ob ein Tumor im Gehirn sich verborgen hält.

Ich kann die Knochenstruktur kennenlernen und das Immunsystem mit wissenschaftlicher Genauigkeit erforschen – aber das Wesen Mensch bleibt mir verborgen.

Ich kann Psychologie studieren und den Mechanismus der menschlichen Psyche mit Fachausdrücken erklären und doch zum Helfen ungeeignet sein.

Ich kann ein Lehrbuch über Psychiatrie schreiben und alle Schulen, alle Richtungen darlegen – und doch das Leben eines andern nicht umgestalten können. Denn um einem Menschen zu helfen, braucht es mehr als akademisches Wissen.

Der Mensch ist eine lebendige Seele, wie wir in der Schöpfungsgeschichte lesen. Und er wurde lebendig, nachdem Gott ihm seinen Odem eingegeben hatte. Ohne von diesem Odem Gottes zu wissen, können wir die Seele eines Menschen nicht erfassen.

Um Seelsorger zu sein, brauchen wir daher den *Heiligen Geist.* Und dieser Geist Gottes ist es, der einen Menschen zur Seelsorge befähigt. Mit anderen Worten: Zur Seelsorge muß ein Mensch von Gott berufen sein.

Sodann muß ein Seelsorger zurücktreten können, um Gott wirken zu lassen. Er muß als Kanal die Hilfe Gottes weiterleiten, nicht als Quelle. Das setzt *Demut* voraus.

Wie häufig kommen Menschen zu mir, die diesen und jenen aufzählen, bei dem sie bereits Hilfe gesucht haben. Das sind oft hochklingende Namen. Und dann heißt es: »Sie sind meine letzte Hoffnung.«

Aber wenn ich die Hoffnung eines Menschen bin, dann ist er schon an der falschen Adresse. Denn ich bin nicht Quelle. Ich bin nur ein Kanal.

Ich kenne Menschen, die wollen alles selbst in die Hand nehmen und sind nicht zufrieden, wenn ein anderer ihnen eine Aufgabe abnimmt. Ihr Ehrgeiz läßt das nicht zu.

Aber so sollte es in der Seelsorge nicht sein.

Wenn wir uns als Leib Christi auf Erden verstehen, dann hat jeder seine Gabe, die ihm von Gott anvertraut wurde Und mit dieser Gabe dienen wir einander, um den Leib Jesu Christi auf dieser Erde sichtbar werden zu lassen.

So ist Seelsorge letztlich ein *Dienst.* Nicht der andere dient uns, um unserem Namen Ehre einzubringen, sondern wir dienen, um letztlich Gottes Ehre zu vermehren.

Ich kann aber einen anderen nur so weit führen, wie ich selbst den Weg kenne. Sonst ist es ein gemeinsames Tappen und Irren.

Ein Seelsorger muß einem andern in seiner Erfahrung voraus sein. So erfordert Seelsorge nicht nur Demut und die rechte Haltung vor Gott, sondern auch eine reife Persönlichkeit, d.h., der Seelsorger muß *erprobt* sein. Und das ist weit wichtiger, als alles theoretische Wissen.

Ob wir nicht darum manche Not durchleben, damit wir einen andern in seiner Not besser verstehen?

Paulus gibt einen kleinen Einblick in die vielfältigen Probleme und Schwierigkeiten, mit denen er zu kämpfen hatte: Von falschen Freunden verraten und verleumdet. Von Terroristen überwältigt. Ausgepeitscht und als Gefangener in Ketten gelegt. Den

Tod vor Augen. Spielball der tobenden Wellen. Der Wüstenhitze ausgesetzt. Hungrig. Durstig. Vor Kälte zitternd – –

In all diesen Anfechtungen war er bereit für andere, die ihn brauchten. Er betete für sie. Er weinte mit ihnen und um sie und ermahnte sie Tag und Nacht (2. Kor. 1,6ff.).

Wie sehr Paulus sich mit dem andern identifizierte, geht aus seiner Bemerkung hervor: »Wer ist schwach und ich werde nicht schwach? Wer wird geärgert, und ich brenne nicht?«

Mitten in der Hölle eines tobenden Meeres konnte er andere trösten, die sich mit ihm auf demselben Schiff befanden. Und durch seine Gefangenschaft lernten andere, was wahre Freiheit ist.

So wurde sein Leben ein sichtbares Zeichen der Liebe Gottes, die durch ihn Menschen heil werden ließ. Und das sollte letztlich Amt des Seelsorgers sein.

Um Seelsorger zu sein, ist nicht nur Demut erforderlich, sondern auch *Geduld*.

Wir möchten schnell zum Ziel kommen.

Aber seien Sie nicht enttäuscht. Nirgends sonst erleben wir so schmerzlich unsere Grenzen wie in der Begegnung mit psychisch Kranken. Oft ist es eher eine Hilfe, wenn wir unsere eigene Hilflosigkeit zugeben, als den andern mit irgendwelchen Patentlösungen abzuspeisen. Solche »Hilfspakete« helfen in der Regel nicht. Auch können in der tiefsten Tiefe eines Menschen Worte nur wenig ausrichten. Da ist unsere Liebe gefragt und unsere Geduld.

Es ist verständlich, daß wir den Lohn unserer Arbeit genießen möchten. Aber es ist nicht so, daß unser Einsatz jedesmal mit Erfolg gekrönt ist. Viel häufiger geschieht es, daß wir gar nichts sehen.

Dann erscheinen all unsere Mühe und alle Opfer an Zeit und Kraft vergebens.

Hat nicht auch so der Prophet Jesaja geklagt: »Ich aber dachte, ich arbeite vergeblich und verzehrte meine Kraft umsonst und unnütz, wiewohl mein Recht bei dem Herrn und mein Lohn bei meinem Gott ist« (Jes. 49,4).

Wie oft geschieht es, daß Menschen zu uns kommen und klagen und jammern, aber wenn wir auf ihre Klagen reagieren und ihnen einen Vorschlag machen, gehen sie gar nicht darauf ein. Und wenn sie dann beim nächsten Mal wiederkommen, jammern und klagen sie noch genauso. Und das vielleicht Wochen, Monate, Jahre.

Wer an einer jungen Pflanze zieht, um ihr Wachstum zu beschleunigen, wird sie entwurzeln. Und wer die Blütenblätter auseinanderzerren will, um sich an ihrer Schönheit zu erfreuen, wird sie zerstören.

Es mag sein, daß unsere Geduld sehr auf die Probe gestellt wird und wir lange warten müssen.

Manchmal ist die Zeit einfach noch nicht reif, so daß aus unseren Gesprächen keine Frucht sichtbar wird. Vielleicht wird ein anderer ernten, was wir gesät haben.

Aber dann kann es geschehen – vielleicht sind inzwischen Jahre vergangen –, daß dieser Mensch plötzlich wie zu einem neuen Leben erwacht. Mit einem Male begreift er Zusammenhänge, die er vorher einfach nicht sehen konnte.

Dann sind wir dankbar, daß wir nicht aufgegeben haben.

3. Hilfen zum Gespräch

Seelsorge steht und fällt mit dem Seelsorger. Und dieser Seelsorger ist ein Lernender. Darum ist die wichtigste Voraussetzung für eine Gesprächsführung:

a) Beten Sie

Dort, in Ihrem persönlichen Zwiegespräch mit Gott empfangen Sie, was Sie für die Begegnung mit dem Ratsuchenden brauchen. Beten sie um *Weisheit.* Und forschen Sie nach, was Gott in Seinem Wort uns mitgeteilt hat.

Oft ist es wirkungsvoller, für den andern zu beten, als mit ihm.

Treten Sie für den andern ein und *beten Sie konkret.* Ich habe es immer wieder erfahren, daß Gott auf oft erstaunliche Weise unser Gebet beantwortet. Und häufig wußte der Betreffende nichts von diesem Gebet.

Wenn ich vor Gott für einen anderen eintrete, mache ich sein Problem zu meiner Last. Und solch ein Gebet, das in Liebe geschieht, wird von Gott erhört.

b) Nehmen Sie sich Zeit

Wenn Sie auf dem Sprung sind und ungeduldig zur Uhr blicken, weil Ihnen diese und jene Termine durch den Kopf jagen, können Sie sich nicht auf Ihr Gegenüber einstellen.

Es ist wichtig, daß der Ratsuchende zunächst einmal das Bewußtsein bekommt: Hier ist jemand, der hat Zeit für mich.

Aber wir müssen uns dabei bewußt sein, daß es nicht »unsere« Zeit ist. Diese Zeit ist uns von Gott geliehen. Und wir fragen Ihn, wie Er will, daß wir sie nutzen.

c) Hören Sie gut zu

Wenn Sie, kaum daß der Ratsuchende angefangen hat zu reden, ihm Ihre Tips unterbreiten und von Ihren eigenen Erfahrungen berichten, zieht sich der andere zurück.

Wenn wir zuhören, wenden wir uns dem anderen zu, als gäbe es für uns nichts Wichtigeres zu tun.

Der andere muß wissen: hier kann ich alles sagen. Hier kann ich mich geben, wie ich bin, und zeigen, wie mir zumute ist. Ich muß nicht vorher an meinem Bild herumpolieren, um einen guten Eindruck zu hinterlassen. Ich brauche auch keine Leistung vorzuweisen. Ich kann ich-selbst sein. Ich darf auch Versager sein. Das zu wissen, bedeutet Entspannung.

Es ist gar nicht so selten, daß dann ein Mensch selbst auf die Idee kommt, wie er besser mit seinem Problem umgehen könnte, und wieder neuen Mut faßt.

Vielleicht sind Sie dann enttäuscht, daß Sie mit Ihrem guten Rat gar nicht zum Zuge gekommen sind.

Aber ist es nicht viel wirksamer, wenn ein Mensch aus eigener Einsicht einen anderen Kurs ansteuert, als die Argumente eines Ratgebers zu übernehmen?

d) Seien Sie verschwiegen

Der Ratsuchende muß bei Ihnen sicher sein. Er muß wissen, daß das, was er Ihnen sagt, nicht weitergetragen wird.

Das ist eigentlich so selbstverständlich, und doch geschieht es immer wieder, daß Dinge, die jemandem anvertraut wurden, auf irgendeine Weise weitergesagt werden.

e) Seien Sie behutsam in Ihrem Urteil

Wie oft kommt ein Patient zu mir und berichtet, daß dieser oder jener Seelsorger hinter seiner Depression eine okkulte Bindung vermutet hat. Aber auch nach seinem Lossage-Gebet änderte sich nichts.

Es gibt solche Bindungen, und wir müssen die Macht Satans ernst nehmen. Wir dürfen sie weder über – noch unterschätzen. Doch ist eine Depression, Neurose oder Schizophrenie kein Experimentierfeld für Teufelsaustreiber.

Wenn wir nach eingehender Prüfung bei einem Menschen den Eindruck gewonnen haben, daß hier u.U. eine okkulte Bindung für die Erkrankung verantwortlich sein könnte, so gilt es, Schuldzusammenhänge aufzudecken und dann den Gebundenen in der Vollmacht Jesu loszusprechen.

Dabei ist es wichtig, daß solch eine Lösung mit einer positiven Bindung einhergeht, d.h. dieser Mensch muß aus dem Einflußbereich des Bösen unter die Herrschaft Jesu gebracht werden.

Eine Seelsorge an okkult Behafteten oder Belasteten sollte nie allein durchgeführt werden, vielmehr sollte der Seelsorger gläubige Menschen bitten, mit ihm gemeinsam diesen Dienst auszuüben. Vor allem bei Frauen sollte immer eine andere Frau mit anwesend sein.

Aber wir müssen uns hüten, vorschnell einer psychischen Erkrankung ein satanisches Vorzeichen zu geben. Wir könnten sonst durch ein solch übereiltes Urteil einen Menschen in noch größere Verwirrung stoßen.

Auch mit einer psychologischen Deutung sollte sehr behutsam umgegangen werden. Denn nicht immer trifft sie zu.

f) Gehen Sie auf das Problem ein

Bevor Sie anfangen zu beraten, gehen Sie ganz menschlich auf das Problem ein: Es gibt Probleme, die sind lösbar. Aber es gibt auch Probleme, die sind hier nicht lösbar.

Lösbare Probleme müssen gelöst und unlösbare getragen werden. Das klingt so einfach, und doch liegt darin eine große Hilfe.

In christlichen Kreisen beruhigt man einander sehr schnell mit dem tröstenden Zuspruch: »Der Herr wird's schon machen.«

Ich bin fest davon überzeugt, daß es für Gott keine unlösbaren Probleme gibt, daß er vielmehr mit jeder Situation fertig wird, aber zugleich bin ich auch davon überzeugt, daß wir unseren Teil tun müssen.

Bei einem unlösbar scheinenden Problem gibt es oft genug aktuelle Nebenprobleme, die die Last noch zusätzlich erschweren. Und diese kleinen Probleme sind in der Regel lösbar. Und damit können Sie beitragen, daß die Last leichter wird.

Warum spricht Jesus von einer »leichten Last« (Matth. 11,30)? Will er uns damit vielleicht sagen, daß irgend etwas nicht in Ordnung ist, wenn wir unter der Last zusammenbrechen? Daß es dann gar nicht seine Last ist? Könnte es sein, daß wir uns selbst diese Last aufgebürdet haben, oder daß wir sie falsch tragen?

Aber es gibt auch Probleme, die wir nicht lösen können. Da sind wir aufgerufen, miteinander zu tragen, damit die Last erträglich wird.

Wenn nun jemand vor Ihnen sitzt, dessen Problematik so verstrickt ist, daß es menschlich gesehen für ihn kein Herauskommen gibt, dann kann es die beste Hilfe sein, wenn Sie ihn dazu bringen, sich nicht länger gegen sein Schicksal aufzulehnen.

Wie oft ist es dann so, daß in dem Augenblick, wenn ein Mensch sich nicht mehr gegen sein »Kreuz« auflehnt, sondern es annimmt, die Last für ihn tragbar wird. Dasselbe Kreuz, das ihn bis dahin erdrückt hatte, schmerzt plötzlich nicht mehr so, als hätte es bereits seinen Zweck erfüllt.

Oft ist das Problem so verschlüsselt, daß wir es nicht ohne weiteres durchschauen können. Da müssen Sie »treffen« lernen, ohne unnötig zu verletzen. Dazu gehört Mut und Takt – und vor allem Weisheit und Liebe. Denn Wahrheit ohne Liebe verletzt. Aber die Wahrheit in Liebe baut auf.

Bitten Sie Gott um Weisheit, und dann sprechen Sie den andern unmittelbar auf das eigentliche Problem an.

Beispiele zeigen: Nicht selten kommen Patienten zu mir und klagen über Kopfschmerzen oder Magenbeschwerden, hier tut es weh und dort schmerzt es. Ich nehme diese Schmerzen ernst und werde auch den Betreffenden gewissenhaft untersuchen. Aber wenn kein organischer Befund da ist, werde ich ganz unverschleiert fragen, worüber er sich den Kopf zerbricht, oder wer ihm auf dem Magen liegt. Und dann kommt es meistens heraus: »Mein Mann trinkt . . .«, »meine Frau hat einen andern . . .«, »meine Tochter will nichts mehr von mir wissen . . .«

Im allgemeinen fällt es einem Menschen leichter, mit einem physischen Befund einen Arzt aufzusuchen, als sich irgendeine Fehlleistung einzugestehen. Denn wer gibt sich schon gerne eine Blöße! Körperliche Leiden erscheinen legitimer als psychische, weil psychische Störungen nur allzu schnell mit Schwäche gleichgesetzt werden.

Allerdings ist heute schon wieder ein anderer Trend zu beobachten. Da werden psychische Leiden in aller Öffentlichkeit diskutiert und moralische Fehlhaltungen mit einem gewissen Geltungsbedürfnis breitgetreten. Da wird das Reden über die eigenen Probleme zur Selbstbefriedigung.

Wenn ein Mensch immer und immer wieder seine Probleme in allen Farben ausmalt, müssen wir uns fragen, ob dieser Mensch überhaupt frei werden will, oder ob er nicht vielmehr in sein Unglück so verliebt ist, daß er es gar nicht mehr missen will.

Die meisten Probleme, mit denen wir in der Seelsorge konfrontiert werden, spielen sich im zwischenmenschlichen Bereich ab. Unsere zwischenmenschliche Beziehung aber korrespondiert mit der Beziehung zu Gott, d.h. wenn unsere Beziehung zum Nächsten gestört ist, belastet das auch unsere Beziehung zu Gott.

Jesus hat immer wieder darauf hingewiesen, daß eine bereinigte Beziehung zum Bruder oder zur Schwester, d.h. also zu unseren Mitmenschen, eine Voraussetzung ist, um von Gott erhört zu werden. Andernfalls sind unsere Gebete – und wenn sie noch so leidenschaftlich vorgetragen werden – in den Wind gesprochen.

Zunächst müssen wir die Bedingungen erfüllen, die Gott uns gestellt hat. Dann können wir darauf vertrauen, daß er auf unsere Gebete eingeht.

Es ist oft leichter, Gott zu bitten: »verzeih«, als zu dem hinzugehen, der uns so zuwider ist, der uns so tödlich verletzt hat.

Aber gerade zu diesem einen Menschen sollen wir hingehen, um uns mit ihm auszusöhnen. Wir sollen ihn bitten: »Verzeih, daß ich dich hasse, daß ich diesen Groll in meinem Herzen hege ...«

Groll hegen – ich finde diesen Ausdruck sehr interessant. Der Groll in unserem Herzen kann also gehegt werden, d.h. genährt und gepflegt, so lieb ist er uns!

Aber gerade von diesem Groll sollen wir uns frei machen, sollen wir uns lossagen – auch wenn es uns gut tut, immer und immer wieder in diesen negativen Gefühlen herumzuwühlen.

Ein Mensch kann verliebt sein in dieses sein »wundes Gefühl«, auf das er ja ein Recht zu haben meint! Aber das ist nichts anderes als Selbstmitleid!

Jesus geht gar nicht auf unser Gekränktsein ein. Er fordert von denen, die Seinen Namen im Munde führen: »Segnet, die euch fluchen, tut wohl denen, die euch hassen ... Und wenn andere Übles über euch reden – vorausgesetzt, daß sie damit lügen –, so freut euch, ja, frohlockt! ... Wenn ihr den Menschen ihre Fehler vergebt, wird auch euch vergeben werden ...« (Matth. 6,44; Luk. 6,27).

g) Die Rolle der Schuld in der Beratung

Wo Schuld nicht mehr Schuld genannt wird, gibt es auch keine Vergebung – und damit keinen Neuanfang. In einer schuldneutralen Beratung wird alles psychologisiert, erklärt und umgedeutet. Da wird ein Ehebruch zum Ausdruck einer befreiten Persönlichkeit. Aber was ist das für eine Befreiung!

In meiner Praxis erlebe ich es Tag für Tag, daß der Mensch sehr wohl weiß, daß er schuldig geworden ist. Zwar versucht er häufig, diese Schuld abzuschieben, umzudeuten oder zu erklären, zu entschuldigen, darüber zu diskutieren, um sie zu verharmlosen oder auf andere hinzuweisen, die auch nicht besser sind. Aber was er auch unternimmt, er kommt nicht davon los.

Es kann eine moralische Schuld sein oder eine juristische.

> Eines Tages kam ein Mann mittleren Alters in meine Praxis wegen seiner Angstsymptome. Er schalt über die Ärzte, die seine diversen Beschwerden nicht wegnehmen konnten.
>
> Während er so seine Symptome schilderte, hatte ich den Eindruck, daß irgend etwas in seinem Leben nicht in Ordnung ist. Als ich ihn daraufhin ansprach, stutzte er.
>
> Dann endlich kam es heraus, daß er eine Freundin hatte und seine Frau nichts von dieser Beziehung wußte.
>
> Natürlich konnten die Medikamente seine Angst nicht wegnehmen, denn er war ein Gefangener seines schlechten Gewissens.

Nun gibt es Menschen, die haben beinahe chronisch ein schlechtes Gewissen. Alles wird ihnen zur Schuld. Sie irren mit ihrem Bekenntnis von einem Seelsorger zum andern, ohne Befreiung zu finden. Die Sünden, die sie bekennen, sind unrealistisch.

Veranlagung und Erziehung spielen da eine große Rolle. Auch finden wir beispielsweise bei einer endogenen Depression häufig eine ängstliche Selbstbeobachtung, wobei dem Kranken alles zur Schuld wird und er sich ständig mit einem schlechten Gewissen herumquält.

Wenn sich aber ein Mensch als Sünder von Gott angenommen

und geliebt weiß, kann er aufhören, ängstlich in sich hineinzuhorchen; denn er lebt von der Vergebung.

Wo es sich jedoch um eine reale Schuld handelt – und sei sie in unseren Augen noch so gering – muß sie bereinigt werden.

Ich erlebe immer wieder starken Widerstand, wenn es um das Bekennen geht. Da sind so viele Entschuldigungen. Man versucht, die Dinge herunterzuspielen: »Das ist schon lange her.« Aber wenn etwas das Gewissen belastet, dann spielt Zeit keine Rolle.

Oder eine andere Ausrede: »Wir sind umgezogen. Die Lebenslage ist jetzt eine völlig andere.« Damit meint man, daß ein Bekenntnis jetzt nicht mehr aktuell ist.

Oder es heißt: »Es war ja nur eine Kleinigkeit. Ich mache mich ja lächerlich, das wieder auszugraben.« Aber auch eine Kleinigkeit kann das Leben belasten und die Freude nehmen.

Oder: »Keiner ist vollkommen; die andern sind auch nicht besser.« Aber auch das ist kein Freispruch.

Es ist meine Erfahrung, die ich immer wieder mache: Nur der kann von seiner Schuld frei werden, der sich zu ihr bekennt, d.h. sie beim Namen nennt und Gott um Verzeihung bittet, dann wieder gut macht, was gut zu machen ist, und abwirft, was er nicht tragen kann.

Wenn eine Last von mir genommen ist, bin ich frei. Dann kann ich aufatmen. Wenn meine Vergangenheit in Ordnung ist, muß ich nicht voll Angst zurückblicken, dann brauche ich nicht länger über dieses Problem zu diskutieren und mich zu verstecken. Oft ist es ja so, daß eine ungeordnete Vergangenheit einen Menschen derart in Beschlag nimmt, daß er für die gegenwärtigen Aufgaben keine Kraft mehr hat. Er ist wie gelähmt, weil die Gedanken unentwegt mit der Schuld beschäftigt sind.

Aber wenn diese Last abgelegt ist, kann sich der Mensch von seiner Schuld distanzieren und neu anfangen. Dann hat er eine ganz neue Möglichkeit, sich zu entfalten. Das Leben wird wieder dynamisch; denn die Beziehungen zu Gott und zum Nächsten sind wieder heil.

Erst so wird das Leben sinnvoll und reich.

Das Eingeständnis der Schuld wird zum Tor zu einem neuen Leben mit neuen, ungeahnten Möglichkeiten.

Vor einiger Zeit kam ein Mensch in meine Sprechstunde, der durch einen geschickten Betrug zu einem hohen Posten gelangt war. Dieses Amt war für ihn ein ständiger Ansporn zu hoher Leistung, denn er lebte stets in der Angst, der Betrug könnte herauskommen. So arbeitete er und arbeitete er, mehr als alle andern. Und seine Arbeit war von allen anerkannt. Aber sooft er am Monatsende sein Gehalt bezog, meldete sich sein schlechtes Gewissen.

Jetzt saß er vor mir und fragte:

»Herr Doktor, war das Schuld?«

Ich war einen Moment erschrocken und überlegte, wie würde er reagieren, wenn ich ihm ehrlich meine Meinung sage? Aber dann antwortete ich:

»Ja, in meinen Augen war das Schuld.«

Er war nicht schockiert. Er schaltete nicht ab. Er versuchte auch nicht, sich zu rechtfertigen. Er sagte:

»Vielen Dank, Herr Doktor, dann weiß ich, wohin ich mit dieser Schuld gehen kann.«

Nicht wir sind unser eigener Maßstab für Recht und Unrecht, Gut und Böse. Dieser Maßstab ist uns im Wort Gottes gegeben und dieser Maßstab hat Gültigkeit – solange diese Erde besteht. Er wird nicht revidiert, ergänzt oder angepaßt.

Als Seelsorger müssen wir den Mut haben, das Gesetz Gottes wieder als Maßstab unseres Lebens einzusetzen. Und da wird Schuld Schuld genannt, die der Vergebung bedarf.

Es mag sein, daß ein Mensch durch dieses direkte Ansprechen schockiert ist und nie wiederkommt. Aber wenn er Ihre Bereitschaft spürt und Ihre Liebe, dann wird er Ihnen dankbar sein.

Eine Wunde muß behandelt werden. Das tut im allgemeinen weh. Aber es ist für den Heilungsprozeß, der dann einsetzt, unumgänglich.

Wo Schuld nicht mehr Schuld genannt wird, sondern als gesellschaftsfähige Krankheit soziale Unterstützung erhält, kann keine Veränderung geschehen. Da zieht ein Übel das nächste nach sich.

h) Bleiben Sie trotz Nähe distanziert

Distanz äußert sich nicht in Kälte, sondern in einer weisen Haltung. Wenn wir uns zu plump mit dem andern verbünden, sind wir zum Helfen ungeeignet. Besonders wenn es sich um das andere Geschlecht handelt, müssen wir Distanz wahren, um nicht falsche Hoffnung oder Befürchtung zu wecken. Eine zu große Vertrautheit erschwert die klare Schau.

i) Kontrollieren Sie Ihre Aktivität

Zu viele Hilfsangebote zeugen nur von Ihrer eigenen Angst. Auch ist es nicht immer die beste Hilfe, alles selbst in die Hand nehmen zu wollen. Wenn Sie zu viel Eigeninitiative entwickeln, nehmen Sie dem Hilfesuchenden die Chance, selbst etwas zu leisten, dann rauben Sie ihm u.U. ein wichtiges Erfolgserlebnis, das ihm einen neuen Antrieb geben könnte.

Natürlich möchte vor allem der neurotisch-depressive Mensch gerne in einem Status bleiben, in dem er Hilfe und Zuwendung seiner Umwelt erfährt. Oft benutzt er ja gerade seine Schwierigkeiten dazu, um sich diesen Vorteil zu verschaffen.

Darum unterstützen Sie in dem andern alles, was dazu beiträgt, daß er selbständig handeln lernt. Vielleicht auch müssen Sie zunächst das Interesse an kleinen Eigeninitiativen wecken, indem Sie ihm nach und nach kleine Aufgaben übertragen, die er selbst erledigen kann, und ihn dann seinerseits Vorschläge machen lassen, so daß er wieder Handelnder wird und aus seiner Randposition herauskommt.

Nun gibt es aber auch Situationen, da braucht der andere unsere Aktivität. Da ist es nötig, daß wir hingehen, um nachzusehen, wie wir ganz praktisch helfen können. Und wenn wir den Eindruck haben, daß er allein nicht zurechtkommt, dann gilt es zuzupacken.

Das kann so aussehen, daß wir die Kinder versorgen, Wäsche bügeln, Essen kochen oder mit einem Vollmachtschreiben für ihn zur Bank gehen, praktische Dienste, bis der andere wieder selbst dazu in der Lage ist.

Solch ein freundschaftlicher Dienst kann für einen Menschen in der dunkelsten Phase seiner Krankheit eine entscheidende Hilfe sein. Auch fällt es ihm dann leichter, unseren Rat anzunehmen.

Doch müssen wir uns dabei sehr klug verhalten und weder unsere Hilfe aufdrängen, noch ihn in seiner Passivität unterstützen.

Und noch eins: prüfen Sie sich selbst, aus welchem Motiv Sie Ihre Hilfe anbieten. Geschieht es vielleicht aus einer gewissen Eitelkeit heraus? Sie suchen Anerkennung und möchten gerne als selbstloser, hingebungsvoller Seelsorger gerühmt werden? Könnte das der Grund sein?

j) Seien Sie positiv in Ihrer Erwartung

Das Quälende eines Problems ist, daß man das Ende nicht sieht. Hoffnungslosigkeit ist wie eine Sackgasse.

Häufig ist es so, daß der Hilfesuchende selbst nicht mehr hoffen kann. Er kann auch nicht vertrauen. Ja, vielleicht hat er es nie gelernt, so daß er von vornherein zu dem Ergebnis kommt: »Es hat doch alles keinen Sinn.«

Aber wenn ich schon mit einer negativen Erwartung ein Problem angehe, wie kann dann eine Änderung geschehen!

Darum bleiben Sie unbeirrt vertrauend und positiv in Ihrer Erwartung.

k) Behalten Sie das Ziel im Auge

Über das Wetter zu reden, kann manchmal hilfreich sein, als Schlüssel, um dem andern einen Zugang zu erleichtern. Im allgemeinen aber sollte ein Gespräch konzentriert geführt werden, wobei man ein bestimmtes Ziel im Auge behält.

Es ist leicht, wenn ein Ratsuchender vor einem weint, seine Partei zu übernehmen, ihn zu bedauern, ihm Recht geben; man versucht zu trösten, den Weg zu ebnen und macht sich so zu seinem Verbündeten.

Aber hier gilt es, das Ziel im Auge zu behalten und sich nicht mit der Schwachheit eines andern zu identifizieren. Es geht ja nicht darum, einen Sündenbock zu finden, sondern einen neuen Wachstumsprozeß einzuleiten.

Es gibt Menschen, die bleiben stets an ihrer Vergangenheit hängen.

Lassen Sie sich nicht darauf ein. Vergangenheit muß vergangen bleiben. Es hat wenig Sinn, die ganze Lebensgeschichte aufzurollen und nach den Sünden der Vorväter zu graben.

Auch eine übertriebene Selbstreflektion hilft nicht weiter. Vielmehr sollte das Interesse an der Gegenwart geweckt werden, um auf eine neue Zukunft hinzusteuern.

Darum muß der einzelne lernen, Verantwortung für sich selbst zu übernehmen, ohne ständig anzuklagen.

Er muß lernen, bewußte Entscheidungen zu treffen, ohne das Unterbewußte zu hinterfragen. Solch ein Hinterfragen stärkt nur das egozentrische Denken, von dem er ja gerade befreit werden soll. Dieses Fixiertsein auf sich selbst ist ja seine Schwäche!

Solch ein positives Denken muß systematisch eingeübt werden, damit eine neue Wertvorstellung wächst, die sich am Wort Gottes orientiert.

IV. Die neue Identität

Das Ziel ist das Heil-werden der ganzen Persönlichkeit.

Wie alles in der Natur auf *Wachsen und Reifen* angelegt ist, so ist es auch die Bestimmung des Menschen, zur Reife zu kommen. Und diese Reife ist zugleich die Frucht, das neue Ich, das fähig ist, Du zu sein.

Kommen wir noch einmal auf das Bild vom Davidsstern zurück. Es geht nun nicht darum, an diesem alten Ich herumzuglätten, zu korrigieren und es aufzupolieren, sondern durch ein Du zu ersetzen. Und dieses Du heißt Jesus Christus.

Nicht mehr mein Ich ist Zentrum meines Denkens, Redens und Handelns, sondern Christus in mir, dieses göttliche Du.

Das hat seine Auswirkung auch auf den Charakter. Ganz allmählich geht eine Umwandlung vor sich. Da prägt an Stelle der Angst das neue Vertrauen.

Auch verblaßt das Bedürfnis, sich zur Schau zu stellen. Und wo der Rachegedanke das Verhalten eines Menschen bestimmt hatte, ist jetzt die Bereitschaft, einander zu verzeihen. Das aber schafft eine entspannte Persönlichkeit mit einer positiven Erwartung, in der Gewißheit, daß Gott über allem steht.

Da ist keine Gleichschaltung, vielmehr unübersehbare Vielfalt. Nicht Chaos – sondern Harmonie. Alles dem einen Ziel zugeordnet: Jesus Christus.

Das ist ein Mysterium.

Die Erlösung von mir selbst, von meinem Ich, geschieht letztlich durch die Identifikation mit meinem neuen Ich: »Nicht mehr ich lebe, sondern Christus lebt in mir« (Gal. 2,20).

Da allein liegt Hoffnung für den Menschen.

Nicht ich bin das Ziel, sondern Er, Jesus, der uns geliebt hat.

Durch diese Liebe werden wir frei.

Frei zu lieben –

frei uns zu verschwenden –

Nur so wird der Mensch heil.

LITERATURHINWEISE

Zu I.: Im Vorfeld

H. Bader (Hrsg.): Lehrbuch der Pharmakologie und Toxokologie, 2. A., Weinheim 1985
Max O. Bruker: Gesund durch richtiges Essen, München 1983
Hawkins-Pauling: Orthomolecular Psychiatry, San Francisco 1979
Koerber-Männle-Leitzmann: Unsere Vollwerternährung, Gießen
Werner Kollath: Die Ernährung als Naturwissenschaft, Haug
Nutrition and Mental Health (Hearing), Parker House CA
Pfeiffer: Mental and Elemental Nutrients, Keats Publ. New Canaan, Ct. 1975
Pfeiffer: Zinc and other Micro-Nutrients, Keats Publ. Ct.
Saunders-Harvey-Ross: Hypoglycemia, Pinnacle books 5. A., New York 1985

Zu II.: Die kranke Seele

Harvey-Ross: Fighting Depression, Larchmont Books, 2. A., New York 1976
Hoffer-Humphry: How to live with Schizophrenia, Univ. Books, New York 1974
Gerd Huber, Psychiatrie, Syst. Lehrtext, 3. A., Stuttgart 1981, Schattauer V
Jürgen Kriz: Grund-Konzepte der Psychotherapie, München 1985
Tölle: Psychiatrie, 7. A., Berlin 1985

Zu III.: Seelsorge

Die Bibel

M. u. H. Horie: Stufen der Befreiung. Scheitern und Neubeginn, 2. A., Wuppertal 1986
M. u. H. Horie: Achtung: Fehlschaltung! Sind seelische Störungen vermeidbar?, 3. TB-A., Wuppertal 1986
M. u. H. Horie: Das verlorene Ich. Vom Minderwertigkeitsgefühl zur Selbstfindung, 3. TB-A., Wuppertal 1987
M. u. H. Horie: Umgang mit der Angst, 2. TB-A., Wuppertal 1987

Alle Bücher im R. Brockhaus Verlag Wuppertal

FREMDWÖRTERVERZEICHNIS

ätiologisch	die Ursache betreffend
Altersparanoia	im Alter auftretender Wahn
Aminosäure	Baustein der Eiweißkörper
Amphetamin	Substanz mit belebender Wirkung
Anämie	Blutarmut
anarchistisch	Verneinung von Ordnung und Staatsgewalt
Anomalie	Abweichung von der Norm
Anorexia nervosa	Pubertätsmagersucht
Assoziation	im psychol. Sinne: Aneinanderreihen von Gedanken und Vorstellungen
Bioenergetik	Therapieform, die den Umgang mit der Lebenskraft lehrt
biogene Amine	chemische Substanzen, die u. a. bei der Übertragung von Nervenimpulsen verantwortlich sind
Bulimie	gestörtes Eßverhalten
Cholesterin	Gallenfett
EKG	Elektrokardiogramm zur Messung elektrischer Ströme der Herztätigkeit
Enzyme	Eiweißkörper, die die chemische Reaktion im Körper beschleunigen
Esoteriker	Eingeweihter in eine Geheimlehre
Epilepsie	Fallsucht
Glukose-Toleranz-Test	eine Untersuchungsform des Blutzuckerspiegels
Guru	indische Bezeichnung für geistlichen Lehrer
Hebephrenie	Form der Schizophrenie
hypochondrisch	ängstlich um seine Gesundheit besorgt, wehleidig
Hypoglykämie	Verminderung des Blutzuckers unter 70 mg%
Identität	völlige Wesenseinheit, Gleichheit
Katatonie	Verlaufsform der Schizophrenie
Logotherapie	psychotherapeutische Methode zur Behandlung von Neurosen, die aus geistigen Problemen entstanden sind
Mantra	Formel bei Riten und magischen Handlungen

Masochismus	nach dem Schriftsteller v. Sacher-Masoch (1836–1895) durch Erleiden von Mißhandlungen Steigerung sexueller Erregung
motorisch	der Bewegung dienend
Orthomolekular	nach Linus Pauling ein medizinischer Zweig mit dem Ziel, körpereigene Substanzen wie Mineralien, Vitamine etc. einzusetzen, um Krankheiten vorzubeugen und zu behandeln
paradoxe Intention	angewandte Methode, um Erwartungsangst durch Herbeiwünschen der befürchteten Symptome zu überwinden
Parapsychologie	Teilgebiet der Psychologie, wobei okkulte Erscheinungsbilder untersucht werden
perniciöse Anämie	Blutarmut, die durch Minderung von Vitaminen wie B12 und Folsäure hervorgerufen wird
Psychodrama	Form der Gruppentherapie
rational	vernunftsgemäß
Ressentiment	negative Gefühle wie Haß, Groll, Rachegedanken
Serum	nicht gerinnende Bestandteile von Körperflüssigkeit
Simulant	jemand, der sich krank stellt, ohne krank zu sein
Sensitivitytraining	Therapieform, wobei verdrängte Gefühle durch gegenseitiges Tasten und Austausch von Zärtlichkeiten bewußt gemacht und verarbeitet werden sollen
Telekinese	Bewegung von Gegenständen durch übersinnliche Kräfte
Transaktionsanalyse	Kommunikationstraining nach Berne (1910–1970)